anthologie de la nouvelle et du conte fantastiques québécois au XXe siècle

Introduction et choix de textes
par Maurice Émond

bibliothèque québécoise

Données de catalogage avant publication (Canada)

Vedette principale au titre

Anthologie de la nouvelle et du conte fantastique
québécois au 20ᵉ siècle :

(Bibliothèque québécoise)

ISBN 2-7621-1383-0

1. Nouvelles canadiennes-françaises – Québec (Province). 2. Contes – Québec (Province). 3. Roman fantastique canadien-français – Québec (Province). 4. Roman canadien-français – 20ᵉ siècle. I. Emond, Maurice, 1941-. II. Collection: Bibliothèque québécoise (Fides).

PS8323.S97A57 1987   C843'.01'0837   C87-096380-5
PS9323.S97A57 1987
PQ3916.A57 1987

Couverture: Conception graphique: Michel Gagnon
Illustration et montage: Gilles Boulerice
Composition et mise en pages: Avant-Garde Limitée

Achevé d'imprimer le 11 décembre 1987, à Louiseville, à l'Imprimerie Gagné Ltée, pour le compte des Éditions Fides.

Dépôt légal: 4ᵉ trimestre 1987. Bibliothèque nationale du Québec.

©La Corporation des Éditions Fides – 1987.

Imprimé au Canada.

INTRODUCTION

En publiant cette petite anthologie de la nouvelle et du conte fantastiques québécois au XXe siècle, nous voulons combler une lacune importante. Diverses anthologies de textes québécois ont été publiées, mais aucune ne s'est jamais intéressée exclusivement au fantastique tel que pratiqué au Québec. Un tel silence étonne lorsque l'on songe aux nombreux contes, nouvelles ou romans fantastiques parus depuis les origines du pays. Il y a longtemps que ce genre de récits fascine lecteurs et conteurs québécois. La tradition orale fourmille d'êtres surnaturels et fantastiques: diables, fantômes, revenants, spectres, loups-garous, sorcières... Le XIXe siècle littéraire puise abondamment dans ce patrimoine oral, découvre avec délices le roman gothique et ses scènes macabres, ses lieux étranges et horrifiants, ses personnages inquiétants aux passions violentes. Les premiers récits québécois s'inspirent de ce romantisme exacerbé. «La Tour de Trafalgar» de Pierre-Georges Boucher de Boucherville, *l'Influence d'un livre* de Philippe Aubert de Gaspé, fils, ou *la Fille du brigand* d'Eugène L'Écuyer en sont quelques exemples intéressants.

Mais le fantastique d'aujourd'hui a bien changé. Voilà un genre qui se transforme sans cesse au contact d'une société qui le nourrit de ses propres angoisses et fantasmes. Genre évanescent par excellence, il tente d'échapper à toute contrainte. Alors que dominait au début du XXe siècle une idéologie régionaliste et nationaliste visant à promouvoir une vision idyllique de la terre, de la nation et de la religion, le fantastique trouvait refuge dans les récits merveilleux traditionnels proches de la tradition orale. C'est finalement avec ses *Contes pour un homme seul*, publiés en 1944, qu'Yves Thériault fait basculer dans un fantastique à mi-chemin entre le merveilleux et l'étrange, cet univers rural subitement miné de l'intérieur. Avec lui, les balises habituelles vacillent; l'humanité et la bestialité s'affrontent sans gêne; une sexualité et une brutalité aveugles s'affichent librement; l'imprévu surgit dans un quotidien subitement méconnaissable.

Cependant, il faudra attendre les années soixante pour que s'affirme un fantastique plus moderne avec Andrée Maillet, Claude Mathieu, Roch Carrier et Michel Tremblay, pour ne mentionner que les plus représentatifs. Le véritable éclatement n'arrive toutefois qu'avec les années soixante-dix: la création au Québec de revues, fanzines, collectifs et collections consacrés au fantastique[1] et à la science-fiction, l'entrée massive de livres et de films fantastiques étrangers, l'intérêt accru pour les littératures étrangères, pour un certain internationalisme, l'engouement des lecteurs pour un genre qui connaît, tant aux États-Unis qu'en Amérique du Sud ou en Europe, une faveur incroyable, apparaissent comme autant d'éléments qui contribuent à favoriser cette éclosion. S'ajoute alors aux aînés toute une nouvelle génération de jeunes auteurs qui trouvent dans les revues de fantastique et de science-fiction un lieu privilégié d'écriture.

Un tel éclatement témoigne d'une certaine maturité. «Voilà pourquoi le fantastique, quoi qu'on dise», affirme André Belleau, «est un signe de maturité: une société commence à se donner à elle-même le spectacle figuré de ce qui sourdement, profondément la travaille.»[2] Le fantastique s'infiltre dans les institutions d'enseignement, écoles, cégeps et universités. Conférences, rencontres,

---

1. Il faut mentionner en premier lieu la revue *Requiem*, fondée en septembre 1974, rebaptisée *Solaris* en septembre 1979. S'ajoutent les revues *Pour ta belle gueule d'ahuri*, *Carfax/Transit* et une dizaine de fanzines portant sur le fantastique et la science-fiction. Quant à la revue *Imagine...*, fondée en 1979, elle se consacre à la science-fiction.
2. André Belleau, «Préface», *la Nouvelle Barre du jour*, n° 89 (avril 1980), p. 6. Il s'agit d'un numéro entièrement consacré au fantastique et réunissant dix contes de divers auteurs.

colloques, numéros spéciaux de revues, prix et recherches subventionnées lui sont consacrés[3].

Le fantastique se laisserait-il pour autant apprivoiser? Il faut en douter. C'est au moment où on croit se l'approprier qu'il nous échappe, change de manière et fait irruption sous un nouveau visage. C'est souvent dans un réel bien familier que le fantastique surgit, bouleversant toutes les données rationnelles, introduisant subitement le doute, le scandale, voire la peur, l'angoisse ou l'horreur. Le récit fantastique s'adapte aux croyances et aux idéologies pour mieux les contaminer de l'intérieur, les faire éclater et laisser le lecteur devant l'indicible. Alors peut surgir la figure du monstre qui trouvera la forme des obsessions du moment. Le monstre est l'image inavouable qui vient combler un vide inacceptable, la rupture de l'ordre rationnel, une hantise subitement libérée. L'apparition de l'inexpliqué et de l'inexplicable fait éclater au sein du réel apprivoisé les failles, les disjonctions, les fissures par où apparaissent, dans leur éclatante nudité ou leur inquiétante imprécision, les temps et les espaces maudits de même que leurs habitants maléfiques. Souvent, le texte fantastique nous rassure un instant pour mieux abuser par la suite de notre crédulité consentante; à

_____

3. Il faut mentionner, en plus de *la Nouvelle Barre du jour*, les numéros spéciaux des revues *Québec français*, nᵒ 50 (mai 1983) et *Nuit blanche*, nᵒ 7 (automne 1982).

d'autres moments, il prend le masque de l'humour, de l'ironie ou de la fantaisie pour endormir sournoisement nos défenses rationnelles; parfois, il nous plonge d'emblée dans un monde déroutant. Quelle que soit sa manière, lorsqu'il réussit à nous harponner, il ne nous laisse plus nous échapper. «L'amateur de fantastique ne joue pas avec l'intelligence, mais avec la peur. Il ne regarde pas du dehors, il se laisse envoûter. Ce n'est pas un autre univers qui se dresse face au nôtre; c'est le nôtre qui, paradoxalement, se métamorphose, se pourrit et devient *autre*.»[4] Ces propos de Louis Vax rejoignent une réflexion particulièrement éclairante de Gaston Bachelard commentant un récit d'Edgar Allan Poe: «On doit alors avouer que l'effroi ne vient pas de l'*objet*, des *spectacles* suggérés par le conteur; l'effroi s'anime et se ranime sans cesse dans le *sujet*, dans l'âme du lecteur. Le narrateur n'a pas mis son lecteur devant une situation effroyable, il l'a mis en *situation d'effroi*, il a ému l'imagination dynamique fondamentale. L'écrivain a *induit* directement dans l'âme du lecteur le cauchemar de la chute. Il retrouve une nausée en quelque manière primitive qui tient à un type de

4. Louis Vax, *l'Art et la Littérature fantastiques*, Paris, Presses universitaires de France, 1970, p. 17 (Coll. «Que sais-je», n° 907). C'est l'auteur qui souligne.

rêverie inscrite profondément en notre nature intime»[5].

C'est à ce type de rêverie que vous convient les vingt contes fantastiques ici réunis et déjà publiés dans des recueils parus entre 1944 et 1986. Si tout un monde sépare les contes d'Yves Thériault sortis en 1944 de ceux d'André Berthiaume ou de Marie José Thériault publiés pendant les années quatre-vingt, tous se rencontrent au carrefour d'une imagination fantastique, sans doute l'une des veines d'inspiration parmi les plus caractéristiques de l'imaginaire collectif québécois. Quant aux récits de Roch Carrier, d'Andrée Maillet, de Claude Mathieu et de Michel Tremblay parus durant les années soixante, ils illustrent avec force l'affirmation d'un genre qui s'ouvre au modernisme et connaît ensuite au cours des années soixante-dix une effervescence spectaculaire comme en témoignent les contes de Michel Bélil, de Jacques Brossard, d'André Carpentier, de Claudette Charbonneau Tissot ou de Daniel Sernine. Tant d'autres auraient pu figurer dans cette petite anthologie, trop modeste pour rendre compte de la portée véritable du fantastique québécois. Au moins livre-t-elle déjà au grand public quelques contes et nouvelles illustrant diverses facettes du fantastique québécois au XXe siècle.

---

5. Gaston Bachelard, *l'Air et les Songes; essai sur l'imagination du mouvement*, Paris, Librairie José Corti, 1972, p. 119. C'est l'auteur qui souligne.

Chaque récit saura donner un frisson particulier, pourra conduire le lecteur consentant vers ces régions troublantes de l'imaginaire qui font les délices de tout amateur de fantastique.

Maurice ÉMOND
Université Laval

MICHEL BÉLIL

Michel Bélil naît à Magog dans les Cantons de l'est en 1951. Il fait des études en histoire et en journalisme à l'Université Laval et enseigne le français à Gander (Terre-Neuve), à Halifax et à Ottawa. Il est tour à tour collaborateur à la revue de fantastique et de science-fiction Requiem/Solaris *et membre du collectif de la revue* Imagine...*Il publie de nombreux récits fantastiques et obtient, en 1982, le Prix Boréal pour* Greenwich *et* Déménagement.

Le Mangeur de livres. (Contes terre-neuviens), Montréal, Pierre Tisseyre, 1978.
Déménagement, 24 contes fantastiques, Québec, Chasse-galerie, 1981.
Greenwich (roman), Montréal, Leméac, 1981.

Miroir-miroir-dis-moi-qui-est-le-plus-beau

J'ai toujours eu de ces goûts...euh...comment dire?...de ces goûts *bizarres* qui m'ont très tôt séparé du commun des mortels. Mes emplois dans le Grand Nord canadien, puis en Afrique centrale, y sont sans doute pour quelque chose. C'est pour ça que les conditions *spéciales* liées au testament d'un vieil oncle que je détestais (et qui me le rendait en retour) ne m'ont pas dérangé. On le disait fou...ou du moins assez original. Je me demandai bien au début ce qu'il lui avait pris de me léguer toute sa fortune. Ne voyant point luire de réponse, je pensai à autre chose. Quoi qu'il en soit, j'acceptai avec enthousiasme cette nouvelle vie de fainéant...vie dont j'avais toujours rêvé.

Le fog avait recouvert de ses vapeurs irréelles Corner Brook. Le soir était tombé sur cette ville de la Côte Ouest mais on n'avait pas vu la différence. C'est dans ces conditions que je fis connaissance avec la maison du vieil oncle. Elle était grande, meublée à l'ancienne, regorgeant de choses insolites qui auraient pu constituer le musée des horreurs de Terre-Neuve.

Moi aussi j'avais les miennes, toutes souvenirs de voyage: cheveux mauves d'un enfant esquimau mort-né, petits cubes qui avaient toutes les propriétés de la glace mais qui ne fondaient que lorsque la température se refroidissait (découvert dans une mine mangée par la végétation), canines sculptées d'un morse mâle trouvées à la frontière des Pygmées, manuscrit d'une cinquantaine de pages écrit dans un hiéroglyphe inconnu de nos savants et qui prouverait l'existence d'une autre civilisation. Avec cette collection, je me promettais d'être aussi *exotique* que mon imbécile de bienfaiteur (une bonne chose qu'il ait crevé...moi je suis encore jeune...je pourrai jouir de sa fortune sans l'ombre d'un scrupule...). Ce vieux fou avait fait sa fortune dans les pâtes et papiers. Moi j'avais fait ma pauvreté en voyageant de par le monde. Il avait meublé une grande partie de la maison, moi je meublerais les autres pièces à mon propre goût!

Je me suis vite habitué aux coutumes de l'endroit. Corner Brook n'est pas une grande ville. Tout juste quarante mille habitants. Je n'ai qu'à me soumettre aux conditions de l'oncle: ne rien déranger de l'ameublement déjà en place, coucher dans la même chambre que mon prédécesseur, ne jamais sortir de la région quel qu'en soit le prétexte.

Cette maison est relativement éloignée de la ville. Elle est isolée des rares maisons des alentours par un grand parc qui lui donne l'aspect d'une maison hantée qu'on voit dans ces stupides films d'horreur.

J'ai appris à vaincre la peur, celle qui nous colle à la peau lorsqu'on se sent perdu. Ma vie mouvementée m'y a préparé (l'immensité arctique... la

16

solitude poignante d'un désert de sable... l'ours polaire qui nous rate d'un coup de griffes... le tigre d'Afrique qui s'abat sur nous d'une balle égarée alors qu'on a perdu son fusil...).

* * *

Il y a de ça deux semaines, j'allais fermer la lampe lorsque j'ai senti un picotement dans le dos. Un petit bruit. Probablement un rat. Un rien. C'est alors que mes yeux se sont arrêtés sur une personne d'allure athlétique, jeune et pleine de vigueur. Sur son visage commençaient à apparaître les rides de la vieillesse. Chose plus désagréable, des petites bosses de pus verdâtres se formaient â ses joues. Je le regardai d'autant plus attentivement qu'il s'agissait de moi... ou plutôt de l'image que je projetais dans le miroir.

Je ne suis pas de nature nerveuse mais je dois avouer que j'en ai été bouleversé. Je me suis regardé une autre fois: rien à faire, ce n'était pas une illusion. Je suis alors parti en courant vers le salon aux horreurs de l'oncle. Je me devais de trouver un autre miroir! Ouf! Mon visage était redevenu normal. Plus de rides, plus de gros boutons au visage! J'étais encore ce jeune play-boy qui aime faire la cour aux jeunes filles dans les discothèques. Je me trouvai beau et mesurai mon pouvoir de séduction aux mensurations de mes biceps. Je me passai la main au visage: aucune trace d'acné. Une simple illusion!

La glace de la chambre était restée — la laideur de mon oncle l'avait sans doute dépeinte — à sa place habituelle. Je jetai un coup d'oeil à ce miroir-miroir-dis-moi-qui-est-le-plus-beau. L'illusion persistait! Et pourtant je n'avais pas changé! Tout était dû à une quelconque malformation de la glace! Stupide miroir! J'allai me coucher.

J'avoue que je n'ai pas dormi du sommeil du juste. J'étais inquiet, sans l'avouer. Le lendemain, j'avais réussi à vaincre ma curiosité et à ne pas regarder le miroir. J'allai à la salle de bains, m'examinai le visage sans rien y déceler de particulier. Je flânai toute la journée le plus loin possible de la chambre. En soirée, je m'habillai et me rendis sur Main Humber Road, dans une discothèque. Il y avait là tout ce que la ville avait produit de jeunes filles. Avec la première bière, je redevins le chasseur que j'avais toujours été. Une fille m'invita chez elle pour la nuit.

Je ne revins chez moi que deux jours plus tard. La maison se cachait sous les arbres. La porte grinça. Rien n'avait changé. J'y retrouvai toutes ces pièces meublées et froides. L'image que me renvoyait le miroir-miroir avait encore vieilli de cinq ou dix ans. Sur le visage se laissait deviner un relief vert répugnant, puant la lèpre et la charogne. C'était censé me représenter, ça, cette chose-là! Le miroir-miroir était fixé à la porte. Je lui fis faire un quart de tour. Elle alla claquer sur ses gonds.

Des picotements aux joues m'ont réveillé cette nuit-là. J'ai fait les mille pas dans la chambre, sans succès. Contrairement à mes habitudes, j'ai pris une pilule pour dormir. Je commençais à ressentir ce qu'était la peur, la vraie, celle qui vous pogne aux tripes et qui vous empêche de dormir ou de digérer vos repas. Il faisait presque jour lorsque je me suis endormi.

Deux jours plus tard, cédant à la curiosité, je fis pirouetter le miroir-miroir maudit. La porte refit son quart de tour. Devant moi, se tenait un début de monstre, vert violet et bavant le pus. Il devait être âgé d'une cinquantaine d'années. Que pouvait bien avoir ce miroir-miroir que les autres n'avaient pas? Pourquoi lui seul projetait-il ce visage de cauchemar?

J'y jetai plusieurs coups d'oeil tout au long de la journée. Je commençais même à m'intéresser à ses curieuses propriétés chimiques qui avaient le *don* de produire la monstruosification d'un homme comme moi. Cette *chose* dans la glace s'enlaidissait sur deux niveaux. D'abord, elle vieillissait à une vitesse défiant l'imagination. Ensuite, son visage, ses mains et son corps (je m'étais déshabillé complètement afin de pousser l'expérience jusqu'au bout) devenaient infects, bestiaux, dignes des pires horreuritudes. Dans cette grande maison aux allures de sorcière ratée, c'était une vraie consolation que d'y apercevoir un tel objet vivant. Je n'allais plus m'ennuyer comme un roi sans courtisans: j'avais ce miroir-miroir à portée...

* * *

Mais venons-en tout de suite au dénouement pendant que je conserve encore un semblant de raison. Hier, je me suis regardé dans le miroir-miroir. Le monstre avait empiré d'âge et de pourriture: maintenant trop faible, il se tenait sur ses pattes tordues de pus. C'était avant que j'aille me coucher. Un grand, un immense silence tout autour de la maison. Une présence maléfique semblait hanter le parc.

J'allais refermer les rideaux (qui faisaient comme une sorte d'écran face à la nuit) lorsque la lumière a donné sur la vitre. Juste devant moi, *horrible à voir et à sentir*, se tenait à quatre pattes un monstre. Il me regardait férocement, prêt à m'attaquer et à me dévorer. Son visage était barbu, peuplé de rides verdâtres. C'était le monstre du miroir-miroir!

Une crise nerveuse s'est alors emparée de moi. Je ne pouvais me raisonner. Je croyais devenir fou furieux. Les meubles craquaient à mon passage. Sous le choc, mes cheveux avaient blanchi. Avec mes mains déformées par le pus, je cherchais à me frayer un chemin. Choc émotif. Je venais de vivre la Peur, celle qui tue.

Toute la nuit, j'ai erré de chambre en chambre, de salon en salon d'horreur. Ce n'est que tout à l'heure, lorsque le soleil s'est levé que j'ai trouvé la solution. Pendant qu'il est encore temps et que ma main droite ne dégage pas trop de pus, je vais rédiger mon testament par lequel je lègue tout ce que je possède à une jeune et jolie femme que je déteste cordialement depuis qu'elle m'a laissé tomber, à la condition qu'elle ne quitte pas la région, qu'elle ne change rien à l'ameublement, et qu'elle couche dans ma chambre. Il me reste donc à replacer les meubles. Il faut que rien ne paraisse anormal. Ce sera une façon sûre de rendre la monnaie de sa pièce à cette jeune cupide. Ma toile la retiendra prisonnière et l'araignée viendra la manger vivante. Elle aussi va savoir ce qu'est la Grande Peur.

J'ai déjà repéré un marécage dans les environs, tout juste à l'arrière du garage qui abrite ma voiture sport. C'est une place comme une autre pour disparaître sans laisser de trace. Peut-être même que mon corps y rencontrera celui du vieux fou d'oncle. On ne sait jamais. Ce qui compte c'est de faire le plus de malheur possible pendant qu'il en est encore temps, tout en se faisant passer pour philanthrope. Au moins, je ne serai pas le seul à avoir vu apparaître à la vitre cette monstruosité indescriptible! Je sens encore son sourire féroce lorsqu'il s'est dissous en moi!

La rédaction du testament est faite. Elle est la bénéficiaire universelle et exclusive de ma fortune. Maintenant, c'est le temps de mourir. Je ne veux pas que les hommes me voient: ils seraient trop heureux de m'enfermer dans une cage et de m'exhiber dans tous les cirques du village. Le temps de me verser un scotch et je plonge dans l'oubli éternel. Ah... cette femme stupide ne sait pas ce qui l'attend en dose d'horreur!

Michel Bélil, *le Mangeur de livres. (Contes terre-neuviens)*, Montréal, Pierre Tisseyre, 1978, p. 131-137.

Eux

De mon travail, je n'en parlerai pas: cela n'a rien à voir avec cette histoire. De ma famille et de mes amis? Je leur ai toujours fait croire que j'étais un autre. Tout le monde porte un masque. Moi, j'ai décidé que ce masque en soit un d'horreur.

Trois soirs par semaine — les lundi, mardi et mercredi — je me mets à mon bureau pour écrire un conte d'horreur. Je n'y arrive jamais parce que pour me stimuler l'imagination j'ai besoin de bière... et avec de la bière, je deviens si pris par mon histoire que j'en oublie le papier qui est devant moi. C'est constamment la même chose: j'écris quelques lignes, puis la plume me tombe des mains. J'ai beau résister, rien n'y fait! Le monde du rêve a sans doute des secrets que les gens de la réalité ne sauraient voir.

Trois fois par semaine, donc, et ce depuis deux ans, j'essaie d'écrire des horreurs. Ma femme me dit que ce n'est qu'un prétexte pour boire. Les apparences sont en effet contre moi: tous les matins, elle me retrouve assoupi sur mon bureau, avec une interminable rangée de bières devant moi. Si au moins je produisais quelque chose! Mais non! Essayez donc de rebâtir un conte à partir d'un seul paragraphe!

Au réveil, je ne me rappelle plus rien, sauf de rares bribes décousues. Je sais pertinemment que si tous ces effrois de bière étaient contés, on aurait peur. La peur. Mais je n'y arrive pas! Ces histoires de nuit se perdent dans les limbes de l'Imaginaire. De toute façon, qui en voudrait de ces contes? Rares sont ceux qui connaissent la Vérité, à savoir que l'Humanité tout entière est entourée de peuplades monstrueuses, cliquecliquecliquetantes de vertèbres, et aux visages ravagés par la vermine. La mort est leur compagnon de bagne. C'est qu'ils ont passé par l'humidité des tombes. Ils ont pactisé avec le Chef des Puissances infernales et maintenant, ils reviennent parmi nous pour nous envahir. Je le sens dans ma peau. Ils sont là, qui nous guettent dans le noir des nuits sans lune et le brouillard des après-midi d'iceberg. Ils n'attendent plus qu'une seule faiblesse de notre part. Mais je sais comment les vaincre. Tout est si clair à présent! Tout d'abord, il faut leur...

mardi, 4 novembre 19..

J'ai relu mes deux pages. Un beau travail inachevé! Mais c'est l'un de mes plus longs écrits en deux ans d'attente! J'avais trouvé cette ruse et je pensais bien que cela marcherait: d'abord on parle de tout et de rien — de rien si possible — puis petit à petit on glisse dans le vif du sujet. En douce. Sans se faire remarquer. C'était sans compter sur les effets *dévastateurs* de la bière. J'ai pourtant essayé de rester à jeun. Foi de Terre-Neuvien! J'avais même laissé mon frigidaire vide. Rien à faire. Le vice. Poussé par une soif incontrôlable, je suis allé m'acheter deux caisses de douze. Je me suis remis au travail en prenant une première gorgée... une deuxième... C'en était fait de ce conte-là! «Tout d'abord il faut leur...» Je n'arrive plus à me souvenir de ce que j'avais en tête à ce moment-là!

Oui. Je sens souvent de la puanteur dans les parages. C'est une sorte de radar qui m'en avertit: tout près se cache l'un d'EUX. Et croyez-moi, je ne parle pas du cimetière! Oh non! Ils ont évolué depuis le temps, ces messieurs-vampires! De nos jours, ils sont partout. On les croise dans la rue et on a affaire à eux à la Banque royale ou chez le courtier en valeurs immobilières. Ils se sont infiltrés partout, partout, jusqu'au gouvernement. Sous des masques de cire se cachent des os verdis grouillant de vers gluants. EUX savent que je les ai devinés sous ces déguisements. C'est pour cette raison qu'ils essaient de me faire taire par le biais de la boisson... la boisson. Ils savent que je suis alcoolique, que je ne peux résister une seconde à l'appel de la soif. Mais je les aurai, je les aurai!

Assez d'exercice de style! J'ai déjà renoncé depuis belle lurette à devenir écrivain. Ce qui compte à partir d'aujourd'hui c'est d'écrire ce maudit conte pour qu'on puisse enfin les démasquer. On doit les faire crever une deuxième fois, de façon définitive et sans appel. Une feuille pleine d'encre à ras bord. Je me sens en veine ce soir. Vais-je pouvoir vaincre le mur d'ivresse? Il me faut écrire! Je dois délivrer la terre de ces charognes!

J'écrivais plus haut que j'en ai repéré un. C'est mon voisin. Il n'est là que depuis trois semaines mais à sa façon de marcher (d'un pas lent, comme s'il craignait de faire du bruit avec ses os qui s'entrechoquent), je sais qu'il est l'un d'EUX. Il m'a regardé d'une façon bizarre, flairant sans doute que je l'avais démasqué. Il est déjà trop tard pour me chercher des camarades de combat. Qui pourrais-je d'ailleurs convaincre? On me traiterait d'arriéré mental ou de robineux. Les hommes sont beaucoup trop occupés par leur plaisir pour risquer la carte de la peur. L'épouvante ne paie pas, sauf quelquefois au cinéma. On ne croit plus à rien, même plus au Chef des Puissances infernales. Pour les hommes, le mal cosmique n'existe plus (on prétend même qu'il n'a jamais existé!). Je suis donc seul. Mais je les aurai tous jusqu'au dernier! S'agit de connaître leur talon d'Achille.

Malédiction... la tête me tourne! Cette bière est pourtant délicieuse! Un vrai nectar. Un fruit liquide échappé d'un paradis perdu. Des mondes rosés m'apparaissent, puis disparaissent au rythme de mes pulsations cardiaques. Je n'ai qu'à reprendre une gorgée pour que par miracle je me revoie dans un nouveau monde, entouré de valets dévoués et de femmes aux seins débordants. Elles me regardent et s'émerveillent. J'ai une cour et la soie rosée glisse de partout. Tous m'obéissent. Je suis roi et maître de mon royaume. NON! Vous ne pouvez pas vous imposer à mes humbles sujets! Ôtez-vous de la gorge de mes femmes! Elles sont toutes à moi! Sans elles je n'aurai plus jamais d'orgasme! Allez-vous-en, cadavres et moisissures! Vous n'êtes que des champignons parasites! Vous faites peur à mes eunuques! Vous êtes laids et méchants-méch...

mercredi, 5 novembre 19...

Mon conte avance. Je ne fais pas des pas de géant mais au moins j'avance. À force de volonté, hier, j'ai presque réussi à écrire le rêve rosé qui m'avait envahi. La lutte s'annonce chaude mais je suis persuadé que je vais gagner. Je ne peux que réussir! Alors j'étais dans un harem en quelque sorte... c'est curieux que je ne m'en souvienne plus! J'ai peut-être des éclairs de vision à des moments privilégiés de la semaine. Dans ces moments de pleine lucidité, EUX essaient de me noyer dans la bière. Maudit alcoolisme! Si ce n'était ce vice, il y a longtemps que je les tiendrais à ma merci!

Ce soir, j'ai décidé de prendre le taureau par les cornes. J'ai demandé à ma femme, qui restait incrédule et perplexe, de m'attacher solidement les pieds et la main gauche, celle de droite n'étant libre que du poignet afin de me permettre d'écrire. Elle doit se dire que je suis fou à lier! Mais qu'importe! Si je veux m'abaisser par la boisson, ce le sera à la force du poignet.

Et j'attends... rien n'arrive. Pour mal faire, je parie que le rêve ne montrera pas le bout de son nez! Ils s'inquiètent ces messieurs-vampires, je le sens! Ils savent que de jour en jour je deviens plus fort et plus déterminé. Ils s'énervent et implorent leur infernale divinité de leur venir en aide et secours. Mais ils ne m'auront pas vivant: c'est EUX ou moi! Combat à mort.

Pour que la formule soit opérante, il faut tout d'abord couper l'électricité de la maison. Ainsi l'énergie ne pourra se concentrer qu'à un seul endroit du crâne. Allumez trois chandelles de différentes couleurs. C'est aisé à se les procurer: on en trouve dans les supermarchés. Mettez ensuite les deux paumes de la main bien ouvertes sur le bureau et concentrez-vous. La prière qui suit devrait mettre fin au règne atroce de ces demi-hommes: Zaïozl...

vendredi, 7 novembre 19...

Malgré les bonnes attaches, j'ai tout de même trouvé le moyen de me libérer. Cela tient décidément du démoniaque! Le frigidaire était plein, plein d'adorables bières. J'ai vidé la première en deux gorgées et demie. J'ai ensuite débouché deux autres bouteilles du même coup. C'est que j'avais l'appétit en démesure. Pas surprenant que l'ivresse soit arrivée au grand galop. Si seulement je pouvais tenir la selle de l'Imaginaire en buvant! Mais non! C'est un dur cheval de bataille! Je suis ce cow-boy qui mord à tout coup la poussière d'un stampede d'écriture à l'autre.

Je possède le premier mot de la prière exorciste: «Zaozl...» puis six lettres illisibles.

Tout à l'heure, j'ai senti le Ciel me parler. Ma tête bourdonnait d'inspiration. J'ai su que ce serait le grand jour, que j'avais été appelé à devenir un nouveau prophète. J'ai donc quitté ma femme et mes amis au curling en prétextant une vilaine migraine. Je suis excellent comédien. Et me voilà de nouveau devant mes feuilles blanches...

Ça y est, je le sens! C'est ce soir que je vais écrire mon premier vrai conte d'horreur, basé sur des faits concrets qui seront vérifiables ultérieurement. Comment? Parlez plus fort, je vous entends mal! «Zaïozlaïlaï Païzz lottttt...» Les murs tremblent. La porte claque sur ses gonds. Le demi-peuple des Ténèbres tremble dans sa peau décrépite. Il invoque le Chef des Puissances infernales. Mais il est trop tard. Je les tiens entre mes mains. «Laïzzzz Ptaï lappppp....»

J'ai mal! Mon coeur! Qu'est-ce qui m'arrive? Une dizaine de secondes encore et je les ai! Qu'on me laisse le temps! Je les aperçois déjà qui frémissent sous mes prières. Je les vois au naturel: ils sont follement laids, la bave verdâtre leur recouvrant les tripes fumantes. J'ai peur mais je poursuis! Ma plume en a des sueurs froides dans le dos! Je poursuis malgré le danger qui me...

mercredi, 3 décembre 19...

«Mes plus sincères condoléances Madame. L'enquête du coroner a conclu à la crise cardiaque d'après l'autopsie pratiquée par le docteur... bah! vous le connaissez sûrement!... il est votre voisin... oui, c'est ça! Le docteur Lapp! Pour nous, Madame, l'affaire est classée. J'en profite pour vous remettre les quelques pages manuscrites laissées par feu votre mari. Elles n'ont malheureusement pas fait avancer l'enquête qui a eu cours. Le docteur Lapp y voit un début de paranoïa ajouté à une certaine tendance à la schizophrénie. Votre mari buvait beaucoup n'est-ce pas? J'en étais sûr! Mes plus profonds regrets, Madame, et au plaisir de vous revoir dans des circonstances moins pénibles...»

C'est en substance ce que m'a dit l'inspecteur Ostler. L'affaire était close pour la police. Mais moi dans tout ça? J'ai perdu mon mari et je me retrouve à 35 ans avec trois enfants! Je l'aimais malgré ses petits travers. Il était en bonne santé! C'est bête de mourir d'une crise cardiaque dans une maison vide. Que penser de ces étranges choses — EUX comme il les appelle — sinon qu'il y croyait tellement que ça l'a fait mourir de peur. C'est que parfois l'imagination tue ceux qui ont essayé de percer ses mystères. Il n'aurait pas dû boire autant. C'est le docteur Lapp lui-même qui l'avait prévenu, et à maintes reprises.

Si j'ai écrit cette note à l'endos de sa dernière feuille, c'est pour y mettre un point final. Il aurait tant aimé pouvoir créer un conte d'horreur! C'était son rêve... j'allais dire son obsession! Mais il buvait beaucoup trop ces soirs-là et trop vite! Je devrai me faire une nouvelle vie. Sans lui. Ce sera difficile. Très difficile. Adieu amour, et que tes rêves te couvrent d'une bienheureuse éternité. Adieu amour.

Michel Bélil, *le mangeur de livres. (Contes terre-neuviens),* Montréal, Pierre Tisseyre, 1978, p. 143-150

ANDRÉ BERTHIAUME

André Berthiaume naît à Montréal en 1938. Il obtient une maîtrise ès arts de l'Université de Montréal et un doctorat de l'Université de Tours. Il enseigne au Collège Loyola, au Collège militaire de Saint-Jean, à l'Université de Carleton et à l'Université Laval. Il est collaborateur à la Barre du jour*, à* Passe-Partout*, aux* Écrits du Canada français*, à* Renaissance et Réforme*, à* Liberté *et directeur des revues* Études littéraires *et* Livres et Auteurs québécois*. Il anime, avec Roland Bourneuf et Marcel Bélanger, les Éditions Parallèles à Sainte-Foy. Ses écrits lui méritent plusieurs prix dont le premier prix au Concours des Jeunes Auteurs de Radio-Canada en 1960 pour «l'Exilé», le Prix du Cercle de France, en 1966, pour son roman* la Fugue*, le Prix Adrienne-Choquette et le Grand Prix de la science-fiction et du fantastique québécois 1985 pour son recueil de nouvelles* Incidents de frontière.

La Fugue (roman), Montréal, le Cercle du livre de France, 1966.
Contretemps (nouvelles), Montréal, le Cercle du livre de France, 1971.
Le Mot pour vivre (nouvelles), Sainte-Foy et Montréal, Éditions Parallèles/Parti pris, 1978.
Incidents de frontière (nouvelles), Montréal, Leméac, 1984.

La Robine

Assis dans un petit square du centre-ville, Firmin se fait chauffer la couenne. Il attend Honorius, son vieux compagnon avec qui il a traversé tant d'hivers. Honorius va bientôt arriver de la pharmacie avec un flacon d'alcool à friction. En le mélangeant avec de l'eau de la fontaine, ils obtiendront du «lait de coco», de la robine. Ça vaut pas une Mol ni un carafon de rouge mais c'est mieux que rien. Ça aide à espérer des jours meilleurs.

Il est environ onze heures du matin à la vieille montre de Firmin. Le banc est situé au milieu du jardin public qui étale entre les gratte-ciel sa pelouse grise, ses pigeons et ses innombrables saletés. Un petit nuage de pollution recouvre la ville comme une coupole jaunâtre. Firmin est content d'avoir le parc quasiment pour lui tout seul. Pas de police à l'horizon. C'est son jour de chance. Avec un flacon de robine à portée de la main, il resterait assis comme ça au soleil pendant des heures, les yeux mi-clos, dans une sorte d'engourdissement.

Dans une heure, les bureaux vont se vider et le beau monde va envahir le parc. Firmin devra céder la place à cette bande d'endimanchés. Il n'a pas le droit, lui, de s'asseoir dans le parc à l'heure du lunch. Trois avertissements, et on le rentre en dedans. Quand Firmin voit la voiture blanche et bleue des policiers rouler lentement et s'arrêter à sa hauteur, des gouttes de sueur perlent sur son

35

front. Firmin présente un dos rond aux agents et regarde ailleurs, loin, très loin, un imaginaire horizon. Il s'efface tant qu'il peut. Il sent leurs regards impitoyables lui égratigner la nuque, il devine leurs sourires narquois, leurs joues biens rasées, bien humectées de lotion après-rasage. Vont-ils m'embarquer, ces salauds? Son regard se perd avec angoisse dans le vague jusqu'à ce que le ronronnement lancinant du moteur s'éloigne. La prison, Firmin n'aime pas ça. On y couche par terre, sur la dure, avec ses vieilles godasses pour oreiller. La dernière fois, on est venu le cueillir au terminus de l'Est où il s'était installé pour passer la nuit.

Dans une heure il n'y aura plus un seul banc de libre ici, et ça va jacasser partout. Ce serait peut-être le moment d'aller mendier un peu au coin d'une rue. Firmin tâte la bosse sur son crâne: un mauvais souvenir de la veille. Le monde est fou, c'est certain. Il roupillait tranquillement sur la pelouse quand il a reçu une cannette de bière en pleine tomate. Il s'est réveillé avec une grosse bosse sur l'occiput. C'est rendu qu'il n'ose même plus demander une cigarette ou un trente sous. Les gens de la ville sont malades, ils voient rouge pour un rien. C'est incompréhensible. Si on ne peut plus dormir dans un parc sans se faire massacrer, où c'est qu'on s'en va? Faudrait sortir de la grande ville, changer d'air, aller ailleurs, prendre la route avec Honorius, trouver un bon coin quelque part à la campagne. Au moins, les vaches, les poules, les arbres, les rivières, ils te fichent la paix. Ouais, faudrait en parler à Honorius. Revenir en ville seulement pour l'hiver. Le maudit hiver.

Firmin aperçoit un clochard qui dort par terre à l'autre bout du parc, forme grise qui se confond presque avec le sol. Plus loin que les toilettes publiques qui ont été fermées, on se demande pourquoi. C'était bien commode. Plus près, un enfant à genoux fait rouler une petite auto jaune; les fourmis effrayées se sont terrées dans leurs trous. L'enfant joue sous la surveillance d'une femme qui tricote, sa mère ou sa gardienne. L'enfant porte des lunettes de soleil, la femme aussi. Tiens, c'est curieux, ils portent tous des lunettes de soleil dans ce parc, des petites lunettes rondes et noires. L'homme là-bas qui court avec une valise. Le couple enlacé qui marche en riant. Même le grand fend-le-vent sur son socle de granit, un Italien qui pointe un doigt explorateur en direction du Forum. Le socle est un peu juste pour ses ambitions géographiques: son talon dépasse à l'arrière.

Firmin éprouve alors un indicible malaise. Il se demande pourquoi tout le monde porte des petites lunettes noires. Même si le soleil tape fort. Ça doit être l'ombre sur les visages. Ça doit être l'effet de la robine du matin. C'est pas bien grave d'être entouré de gens qui veulent se protéger des rayons trop crus du soleil. Ils ne se sont pas donné le mot. On dirait que les petites lentilles rondes sont des yeux agrandis, démesurés, exorbités, des trous qui font peur. Maudite robine. On n'a pas idée. Tout ce qui peut nous passer par la tête quand il fait chaud.

Même le grand fend-le-vent sur son socle de granit, l'Italien qui a l'air d'avoir vu quelque chose de pas ordinaire sur le toit du Forum... Même l'explorateur sur son piédestal! Les lunettes de soleil dessinent une petite frise sombre à la hauteur des yeux. Firmin pense spontanément aux photos que l'on prend dans les pénitenciers. Mais ça se peut pas qu'une vieille statue ait des lunettes de soleil! Comment il s'appelle c't'escogriffe? Gio-van-ni... Pas possible. Comme le restaurant en face du terminus! Là où des types en toque blanche remuent des spaghettis et des sauces fumantes en regardant les passants à travers les étiquettes collées sur la vitrine: Visa, Master Charge, American Express, etc. Aux heures des repas il y a toujours une file de gens qui attendent sur le trottoir. Pas possible que ce soit des lunettes là-haut, voyons. Un peu de jarnigoine, Firmin! Dans ce temps-là ça existait même pas, les lunettes de soleil. C'est une invention à nous autres. C'est à cause du soleil, des jeux d'ombre. Ma vue qu'est plus bonne. Honorius se moquera de lui, c'est certain. La statue de Giovanni avec des lunettes de soleil! Il dira que c'est des imaginations de robineux. Firmin se lève, écrase son mégot du pied puis avance lentement, vacillant un peu, s'éloignant de son coin que le soleil réchauffait si bien. Il est obsédé par le petit écran noir qui cache les yeux du matamore sur son socle. Pas possible! Enlève-toi ça de la tête, niaiseux! La sueur apparaît sur les tempes de Firmin. Pourtant pas de policiers en vue! Il devrait rester assis tranquille au soleil. Il était bien tout à l'heure au paradis. Occupe-toi pas de Giovanni et de ses petites lunettes rondes. Regarde ailleurs. C'est des chimères, mon vieux Firmin. C'est la maudite robine. C'est la chaleur. Retourne à ton banc sans plus imaginer de folleries. Retourne à ton banc avant que quelqu'un prenne ta place. Et attends Honorius tranquillement, bien au chaud. Comment se fait-il qu'il soit pas encore revenu, celui-là? Il doit-être en train de faire la tournée des boîtes téléphoniques ou des parcomètres. Il doit être en train de gaspiller tous ses trente sous dans une machine à boules. Dans la grande salle où un Vietnamien circule, les mains dans un tablier plein de petite monnaie. Deux *pin balls* pour trente sous au *Crystal Palace*. À moins qu'il soit en contemplation devant les piments rouges de *Dunn's*. Ou les spaghettis de *Giovanni*. Une statue avec des lunettes de soleil! Ça se peut pas! Pourtant, avec sa main tendue en avant on dirait un aveugle. Il manque seulement la canne blanche. Giovanni aveugle, voyons donc! Ça se pourrait-tu qu'un far ceur lui ait mis des lunettes à ce grand tarla?

Il me semble qu'il y a des choses pas normales aujourd'hui. Les lunettes de soleil m'énervent. Je suis peut-être en train de perdre la boule comme Albert, le printemps passé. Honorius, dis-moi pas que t'es parti pour de bon? Tu m'aurais pas fait ça à moi, ton Firmin? Es-tu allé prendre un café à l'*Eldorado*, mon vlimeux? Ses yeux se mouillent, il tourne en rond, il commence à parler tout haut. Une statue avec des lunettes de soleil, si ç'a de l'allure! T'es mon frère, Honorius. J'ai besoin de toi. Quand t'es pas là, tout le monde se promène avec des lunettes de soleil, c'est pas normal. Même le grand fanfaron qui a la tête dans le ciel!

Firmin était trop énervé. Il a monté les trois marches, s'est agrippé à la corniche et a commencé à grimper pour en avoir le cœur net. Dans ce temps-là ça existait pas, c'est une invention à nous autres. Voir de près les petites lunettes rondes de Giovanni. Toucher les creux d'ombre. Pour être sûr. Firmin s'est égratigné les genoux contre la pierre. Le pauvre Firmin n'était pas un acrobate et la robine lui donnait le vertige. Il a dégringolé de pas mal haut. Avant de tomber dans les pommes, il a eu le temps d'appeler Honorius. À côté de son corps inanimé, on a ramassé ses petites lunettes noires en miettes.

André Berthiaume, *Incidents de frontière*, Montréal, Leméac, 1984, p. 103-108.

JACQUES BROSSARD

Jacques Brossard naît à Montréal en 1933. Diplômé en droit de l'Université de Montréal et en sciences sociales du Balliol College d'Oxford, il fait une carrière diplomatique dans divers pays (Colombie, Haïti, Canada), est adjoint du ministre des Affaires extérieures à Ottawa, conseiller au ministère québécois des Affaires intergouvernementales, membre des États généraux du Canada français, correspondant spécial du Devoir à la conférence de Niamey (1968) et professeur au Centre de recherche en droit public à l'Université de Montréal. Ses oeuvres lui méritent de nombreuses distinctions: Prix littéraire du Québec (sciences sociales) en 1969, Prix littéraire Duvernay pour l'ensemble de son oeuvre scientifique et littéraire en 1976, Médaille d'argent de la ville de Paris en 1977. Outre ses nombreux essais, il publie des ouvrages de fiction.

Le Métamorfaux (nouvelles), Montréal, Éditions Hurtubise HMH, 1974.
Le Sang du souvenir (roman), Montréal, La Presse, 1976.

Le Cristal de mer

«Ne sentez-vous rien quand votre regard plonge et se perd dans cet éclat? — Oui, cette lumière se reflète en mon âme ; c'est comme un baiser que je sentirais dans mon coeur ému de désir.»

(Ludwig Tieck)

«Plonge-le dans la rivière, celui qui aime l'eau.»

(Blake)

« Je n'étais qu'un enfant dont on se rit ou s'émerveille, mais déjà l'eau me fascinait. Ce désir exigeant et fatal qui m'attirait vers elle, je l'ai ressenti dès mon plus jeune âge, d'une façon d'abord infiniment banale: j'aimais voir couler du robinet d'argent l'étroit filet d'eau lunaire, vrillant l'espace indécis d'une précision fluide et lumineuse. Obstruant son goulot de ma paume, j'aimais transformer en jets éclaboussants et bruyants le jet trop pur. J'aimais plonger les mains et le visage en cette eau fraîche et la boire goulûment. Ainsi fus-je marqué dès lors par le mal qui m'oblige, en cette dernière nuit, à tracer hâtivement ces lignes.»

* * *

J'avais découvert ce texte un peu bizarre (et dont la suite me parut erronément dater d'un siècle ou deux) en des circonstances elles-mêmes assez étranges. Au cours d'une excursion solitaire et hasardeuse au large de la côte méridionale de Bretagne, pays de mes ancêtres, j'avais laissé mon voilier me conduire vers le sud-ouest à plusieurs lieues marines de l'île d'Yeu. Virant vers le nord-ouest, il m'avait entraîné par la suite en direction du Finistère et de l'île de Sein. Malgré le soleil radieux d'un bel après-midi d'octobre, le vent s'était soudainement élevé, menaçant, et m'avait repoussé en haute mer. J'avais dû contourner à grand peine une petite île dressée comme une forteresse, apparemment dédaignée par les pêcheurs et par les touristes de la région, pour m'échouer enfin du côté occidental de l'île, sur une étroite bande de sable au fond d'une crique bordée de récifs.

En regardant mieux cette plage déserte, sévèrement encastrée entre la falaise déchiquetée et la mer ourlée de rochers noirs, j'aperçus brusquement, à demi caché par des pierres, un escalier taillé dans le granit. Poussé par mon habituelle curiosité, je gravis péniblement la falaise escarpée, voulant admirer de là-haut l'océan sans limite et voir éclater, sur le roc, la colère de ses vagues. Une découverte si étonnante m'attendait au sommet que j'en oubliai la mer.

Un vaste et grand palais se dressait à quelques pas des bords de la falaise, assez en retrait toutefois pour n'être point vu de la plage et presque entièrement caché de la mer par deux rangées de hauts cyprès — à peine moins dépaysés sur cette île que les eucalyptus d'Inverewe, en Ecosse. La pierre blanche du palais me parut à la fois dorée et ternie par de longues années de soleil et de sommeil. Il ressemblait dans l'ensemble aux plus sobres châteaux gothiques de la première renaissance française. Pourtant, au deuxième étage, d'immenses baies vitrées du plus pur modernisme éclairaient sur toute sa longueur la façade tournée vers l'ouest et vers la mer; leur bandeau miroitant, reflétant les cyprès et le ciel, se déroulait jusque sur les côtés. Mais ce qui m'étonna plus encore en ce pays sauvage, aux confins d'une forêt de conifères, ce furent les spacieux jardins et parterres et les deux vasques moussues que regardait la façade opposée à l'océan: visiblement abandonnés depuis fort longtemps, ils n'en laissaient pas moins deviner l'ordre désespérément rigide et logique des jardins français.

L'atmosphère très pure de ce jour de soleil baignait le château et son parc d'une infinie clarté. Avant de violer le silence d'une retraite aussi orgueilleusement éloignée de toute civilisation, j'hésitai un instant; mais la curiosité m'entraînant toujours, anxieusement, je franchis la terrasse dallée de marbre blanc et pénétrai sous le porche central: devant moi, une porte de bronze à deux battants, sculptée comme celles d'une cathédrale, s'ouvrait largement.

La lumière m'éblouit aussitôt. Éclatante, elle paraissait envahir de tous côtés les hautes salles du château, — dorant les parquets et les carrelages, jouant dans les bosquets ombragés des tapis

d'orient ou les jardins fleuris des tapisseries médiévales, caressant le grain fauve ou blond du chêne
et des boiseries gothiques, réchauffant les couleurs
flamboyantes des reliures, des portraits flamands
du XVe et des plafonds de la Renaissance, riant
sur l'or et sur le bronze ou chantant sur le vermeil
et sur l'argent de flambeaux et de candélabres,
d'aiguières ou de bassins fabuleux, — irradiée de
partout, transfigurée (mais absorbée) en ruisseaux de diamants prismatiques par des constel-
lations de lustres et par d'innombrables vases,
hanaps ou calices de cristal, largement répandue,
intensément répétée, multipliée par d'immenses
miroirs dont l'éclat douloureusement vif m'étour-
dit et m'aveugla.

C'est avec la curiosité un peu lasse d'un visiteur
de musée que je parcourus les pièces somptueuses
et trop chargées de ce château désert. Les styles s'y
confrontaient sans la moindre logique: un boudoir
1900 conduisait au salon Louis XVI ou à la salle à
dîner Louis XIII (?), un cabinet de toilette suédois
côtoyait une chambre à coucher bretonne; ici ou là,
des cabinets chinois ou des fumeries arabes... Il n'y
avait en commun que l'insolente richesse du mo-
bilier, des objets d'art ou des cadres dorés, lourds
prisonniers du cristal et des glaces. Autant l'extérieur était sobre, autant l'intérieur était baroque,
jusqu'au délire.

Etais-je simplement accablé par tant de splen-
deurs et par trop de lumière? ou n'étais-je pas vaguement inquiet, — me rappelant ces contes où le

viol des châteaux interdits ne promet rien de bon? En vérité, je songeais à m'enfuir quand je découvris, au deuxième étage, l'immense studio moderne donnant sur les cyprès et sur la mer.

Il s'étendait sur toute la longueur du château et c'est de trois côtés que la lumière y pénétrait par de vastes baies, d'où l'on apercevait l'océan jusqu'au plus lointain horizon. Cette pièce d'une clarté limpide était brillamment lumineuse comme les autres et cependant, ici, point de cristal ni de glaces: beaucoup d'espace et d'air et de sérénité, quelques sièges contemporains aux coloris clairs, des coussins aux tons vifs jetés sur les dalles du plancher, une table de travail en pin blanc, des panneaux évoquant des ciels de Giotto, de Miro ou de Perugino. Le long mur lui-même s'ouvrait sur l'infini du rêve, celui d'admirables «nymphéas» de Monet repeints à fresque: même choral profond des reflets ruisselants d'azur et des fleurs charnelles du soleil, même liquidité à la fois troublante et fraîche, même appel de l'espace et de la joie.

Mais un grincement y répondait: tache violente et agressive au coeur de la lumière, une table d'ébène, si noir que je m'y sentis absorbé, attirait irrésistiblement le regard. Ce gouffre noir, pourtant, s'estompait aussitôt dans la lumière qui semblait en émaner: près d'un cahier ouvert, un globe de cristal d'une absolue pureté, dense et lourd mais translucide, s'appuyait sur deux dragons d'or à demi arrachés. Du côté de la mer, le soleil déclinant rougeoyait: frappée d'un rayon

47

d'or, la boule de cristal éclata d'une lueur liquide et sanglante et les dragons me parurent un instant ricaner.

C'est avec peine que je pus libérer mon regard du globe et regarder le cahier. Les premières me firent espérer la solution du mystère de ce château de lumière et de mort, et j'en voulus parcourir la suite.

* * *

« Je n'étais qu'un enfant mais déjà l'eau me fascinait. Ce désir douloureux et funeste qui m'attirait vers elle, je l'ai ressenti dès mes premières années... J'aimais plonger les mains et le visage en cette eau fraîche et la boire goulûment...

I

«Portés par les vagues de la révolution mazdéenne, mes aïeux venaient des faubourgs d'Ecbatane et mon enfance baigna dans leur mémoire. Je m'imprégnai de leurs écrits, tissés durant des siècles en fils noirs de lumière. (Archange de la terre, ô fille d'Ohrmuzd, fleuve de lumière et de sagesse, tu me dictas les premiers mots: Roud-khanéï az Row-chanâï.) Marchands de Samarkand, émigrés vers les contrées de l'Est, mes parents voyageaient sans cesse et leur soif de l'univers m'entraîna pour toujours. De Bagdad à Florence ou de Bruges à Nara, je les suivis d'abord dans leur quête insatiable

puis, devenu moi-même, je voulus à mon tour parcourir l'univers. Adolescent au long cours, j'ai visité les mondes et traversé les mers, cherchant comme eux ce qu'ils avaient trop vainement poursuivi. Or partout et toujours, je trouvai l'eau, ma seule amie.

«J'ai vu les ruisseaux ombragés des forêts humaines et les neiges éblouissantes de monts éternellement inaccessibles, l'eau miroitante ou agitée des rivières ou des lacs et l'eau étincelante et vive des sources originelles, murmurant leurs secrets oubliés. J'ai vu les blanches cascades des ravins et des montagnes, traits d'union lumineux et mortels des dieux et des bêtes. Mais c'est auprès des torrents limpides et bondissants, jeunes fauves des eaux lunaires jouant au flanc des montagnes et au creux des forêts, que je préférais m'arrêter; heureux et fasciné, j'écoutais le chant argenté de leurs voix sidérales et les fluides harmonies de leur passage perpétuellement mouvant. Et toujours et partout revenait l'eau fuyante et fraîche, coulant sans fin, entre mes doigts impuissants à la saisir et à la posséder.

«J'ai vu les mers bleues des pays du soleil, si pures et transparentes que j'y regardais pendant des mois se noyer les pastels roses, blancs et ocres des villes baignées par la lumière. J'ai vu d'orgueilleux navires perdus au milieu des abîmes inconnus de la mer, jouets des flots et de la fureur des vents, — ô merveille de la mer déchaînée dont les vagues se creusent comme d'insondables velours de nuit ou se gonflent puissamment d'une joyeuse et dévorante colère, engouffrant en leurs énormes et lentes pulsations les mesquineries et tous les rires! J'ai vu le calme assoupi des flots domptés par le temps, venant du

fond des âges et pour l'éternité s'évanouir sur les sables des plages ou, dans le dernier sursaut d'une antique violence, se briser sur d'inébranlables rochers noirs. Et partout et toujours, ma grande amie sut absorber en elle mes rêves et mes angoisses.

« J'ai parcouru les royaumes de ce monde et connu des princes, des filles et des ministres, dansant avec des reines dans leurs châteaux ruisselant d'ors, de ténèbre et d'ennui. J'ai rêvé sur le pâle et froid miroir de la lune, en des nuits dont la clarté astrale inondait les jardins irréels et découpait sur le bleu profond de la mer des îles d'une noirceur d'outre-monde. J'ai prié les feux prisonniers des joyaux ou des vitraux, j'ai admiré le sourire serein des vierges gothiques et celui, cruel, de la Grèce, j'ai entendu les troubles chatoiements de musiques médiévales ou bu le chant cristallin de la harpe. Mais toujours et partout, je poursuivais les eaux pures et limpides de mon enfance et de ma vie.

« Par un jour de soleil printanier, sur les bords d'un canal de Venise ou de Bruges, je t'ai enfin rencontrée, — ô femme aux yeux de ciel et aux fins cheveux d'or, aux longs doigts caressants et aux lèvres liquides, accueillante et pure et tendrement secrète. (Était-ce à Bruges ou à Venise? ô Lysebelle, te souviens-tu? Le quinzième siècle resplendissait dans la lumière des jardins flamands et des ciels italiens, dans les derniers flamboiements du marbre ou de la pierre, dans l'or de ses brocarts et la pourpre de ses velours à peine teintés du sang des suppliciés. Je t'ai connue par une nuit profonde et azurée, bercée par le chant des cigales et le parfum des magnolias, sous les regards de cristal de mille astres sou-

riants: oh Lysebelle, t'en souviens-tu?) Et pour toujours tu devins mienne en ce jour de soleil, en cette nuit sacrée, image de mes craintes et fleur de mon amour, reflet vaporeux de mes jours et clarté de mes nuits.

«Mais prisonnier de mon rêve, en toi aussi, limpide et mouvante, ô ma trop belle amante insaisissable et ondoyante, je voulais retrouver la source intarissable et poursuivais les eaux fuyantes et fraîches de ma jeunesse et de ma vie...

«Dans les salons des palais de ce monde, au temps des renaissances, je découvris un jour le verre et le cristal et crus y retrouver captive enfin la fluidité de l'eau. Souvent je m'arrêtais sans entendre couler le temps devant des lustres et des glaces de Venise ou d'Orient, des coupes et des hanaps de Souabe ou de Bohême, devant des aiguières de cristal ciselé de pleurs d'or ou chantant de soleil et de sang translucides. J'en oubliais le monde, séduit et absorbé en leur exigeante et flamboyante clarté. Envoûté, j'allais, de cathédrales en châteaux, voir briller dans les choeurs et les trésors princiers les feux étincelants des chefs-d'oeuvre du verre, et je regardais ruisseler sur le pur cristal la flamme et le sang transparents et liquides de l'or et du rubis.

«Ainsi passèrent des années, comme le sommeil d'un fleuve aux lentes eaux tourbillonnantes, où des éclats limpides et argentés fulguraient parfois de lueurs écarlates.

II

«Puis vint ce jour du temps des lumières... Il coulait en silence fuyant parmi les autres, et nous longions un ruisseau plein de soleil, nous laissant guider par les caprices de l'onde. Comment nous mena-t-elle à ce château fort? Comment, ce jour-là, pus-je franchir les remparts et les portes de fer restées depuis lors inébranlables? Comment me suis-je retrouvé, inquiet et seul, dans cette salle capitulaire aux proportions étourdissantes? J'oublie tout des heures qui précédèrent ma découverte — et je ne sais même plus, mon éternelle amie, si tu m'accompagnais encore... (Ô Lysebelle, entre l'onde et l'enceinte, ne m'avais-tu quitté?)

«Je revois seulement l'instant vertigineux où je m'arrête, stupéfait et bouleversé, devant l'aveuglante merveille qui va transformer ma vie: au centre d'une salle inondée de lumière, sur un socle de bronze gravé de signes inconnus, éclate et resplendit, superbement et cruellement, porté par deux dragons d'or aux ailes entrouvertes, le globe de cristal fabuleux qu'à mon insu je poursuis depuis des siècles. D'une transparence, d'une pureté, d'une limpidité intenses et absolues, il me paraît avoir la lourde densité d'un astre glacial ou du regard d'un dieu.

«Dans l'éblouissement de ce cristal, fasciné, je demeurai immobile deux jours et deux nuits. Oh joie ineffable de la beauté parfaite! Je pouvais enfin posséder dans toute leur amplitude la mer et les cascades, le cristal et la lumière, la pureté limpide et la fluidité de la femme.

Les sinueux dragons d'or, cachant en leurs sourires tout le mystère narquois d'un orient mythique, voulaient retenir en leurs griffes l'infinie clarté du monde mais ils ne pouvaient plus me l'arracher, à moi qui d'un regard l'embrassais désormais et la possédais tout entière.

«Je voulus dès lors acquérir ce joyau prodigieux et divin, et l'enchâsser en un palais digne de sa lumière et de sa pureté. Mais la sottise, la cruauté de l'Homme allaient m'arrêter au seuil de cette plénitude.

«Saisi de vertige et d'épuisement, je m'étais endormi au pied du socle de bronze. Quand je m'étais éveillé auprès de toi, ô ma compagne oubliée, nous reposions dans l'ombre et la fraîcheur d'un sous-bois inconnu; le ruisseau du matin et le château fort entrevu s'étaient évanouis. Au prix de combien de recherches, au terme de combien d'années, en remontant combien de fleuves ai-je enfin redécouvert un jour la prison du cristal? Ce fut en vain: ses portes orgueilleuses demeurèrent irrévocablement closes. Du fond de leur temple muet, les arrogants possesseurs du globe refusèrent de les ouvrir, refusèrent d'être vus, refusèrent de me laisser revoir le cristal obsédant d'un jour de bonheur.

«Pendant des années, mes demandes, mes supplications, mes colères demeurèrent sans réponses. J'amassai une fortune immense et l'offris avec des bijoux sans prix: je n'entendis que le rire glacial des odieux possesseurs du globe aux dragons d'or. Je devins puissant et respecté, j'établis mon empire sur le continent où se terrait le château fort; approuvés par des millions d'hommes, mes commandements furent bientôt craints par tous les princes de ces contrées. Mais avec insolence, les posses-

seurs du globe méprisèrent tous mes ordres et le cristal me fut de nouveau refusé.

«Débordant de rage et de haine, comme un roi, un peuple ou en enfant bafoués, je réunis les guerriers les plus violents et les plus redoutés du monde. Emportés par leur barbarie retrouvée, déchaînés par le bonheur que j'avais entrevu, ils ravagèrent le pays tout entier, massacrant tour à tour les seigneurs, les bourgeois et les peuples. Mais jamais ils ne purent forcer les portes du château maudit: s'épuisant en vain, ils ne purent que l'entourer d'une seconde enceinte, où leur sang noirci fut le mortier de leurs cadavres.

«Humilié, défait, désespéré, je m'enfuis de châteaux en cités sans pouvoir désormais trouver le repos ou la paix. La mer et le cristal eux-mêmes ne savaient plus apaiser mon angoisse et mon dépit. Les cieux et les fleuves me paraissaient tachés d'un sang inutilement versé. Morne et ombrageux, accompagné de toi seule, ô ma compagne idéale et trop fidèle (oh Lysebelle aux yeux de ciel, aux cheveux de soleil, pourquoi m'as-tu suivi?), je me retirai dans la retraite isolée et lointaine d'un chalet enfoui au creux d'un bois nordique. Les ruisseaux n'y chantaient pas et le cristal de l'onde y paraissait à jamais éteint. Un hiver de neige sans éclat, froid et sinistre, s'appesantit bientôt sur nos forêts et nous coupa du monde durant un temps incalculable.

«Seule avais-tu conservé ta lumière et ta clarté, oh ma trop douce amie, et ta couronne d'or semblait ici contenir tous les soleils du monde. Tu chantais encore, de cette voix fraîche et pure dont j'entends à jamais les échos cristallins. Je te donnai tout ce qu'il me restait de soif. Tu de-

*vins peu à peu, endormant tout désespoir, la source
unique et profonde d'une joie nouvelle. Lentement, j'apprenais à l'apprivoiser, à la reconnaître; jour après jour,
je t'apprenais. Écho de ta voix, de lointains ruisseaux me
parurent à nouveau chanter. Et voici qu'avec les jours et
les semaines, ta tendresse et ta beauté me firent oublier le
sang du château fort et le cristal du pays lointain.*

*«Puis, brusquement, par un jour d'éblouissante lu-
mière, sans un mot, tu disparus. Plus cruellement que
jadis, je me retrouvai seul, cette fois seul avec moi seul, et
je ne me reconnus pas. Il me parut m'être à mon tour
perdu. La forêt dormait sous la neige impure de ce pays
et rien ne chantait plus. Pour la première fois de ma vie,
je crus sentir s'égrener un temps qui ne coulait pas; je
crus en la seconde, en la minute, en l'heure et songeai
enfin à la création inhumaine qui fait de nous les quoti-
diens et perpétuels esclaves de l'angoisse, de la souffrance
et de la mort.*

*«Puis la neige fondit lentement sous un soleil blafard
qui perçait à grand peine les brumes humides et grises de
ce pays sans âge et sans joie. La forêt embue et sombre
parut vouloir renaître. Mais uni au long hiver de ma solitude, je désirai fondre avec lui. Ainsi m'absorberait la
terre.*

*«De quel profond sommeil fus-je tiré? Voici qu'un jour
immémorial, tandis que l'Eau révélait sa puissance et
que s'élevaient sur un monde absent de nouvelles vagues
révolutionnaires, toute la forêt s'illumina éclatant de
mille tons épanouis sous un soleil de flamme et l'azur
diaphane. Les dernières neiges se parsemèrent d'étoiles et
les torrents s'éveillèrent aux murmures des bourgeons et*

aux cris des oiseaux. Et je reconnus, doux et légers, ton pas et ton parfum: ô ma compagne éternelle, tu étais revenue! Je devinais ta présence dans l'air qui m'enivrait. Je te sentis près de moi et je me sentis en toi — invisible, aérienne et pourtant réelle. Oh, combien j'aurais donné pour te revoir, pour te reprendre en mes bras, tous les cristaux et toutes les mers du monde!

« Mais j'entendis bientôt fuir au loin ton pas trop léger, aussitôt confondu avec le bruissement des feuilles et le chant des ruisseaux. Et je compris que tu étais à jamais disparue.

« Jusqu'à la nuit, j'errai dans le bois dont la vie renaissante me parut insulter ton image et ma détresse. Je décidai de te rejoindre en ce monde immatériel où tu t'étais enfuie; mais je voulus d'abord revoir une dernière fois ce chalet où nous avions été heureux. Or, en y revenant, il me parut malgré mon désespoir y retrouver la lumière et la joie d'antan. Et dans ma chambre, foudroyé par l'intensité d'un tel bonheur, je vis avec stupéfaction, sur la table où je travaillais parfois, resplendir ce que jamais n'avaient pu obtenir tous les efforts de mon désir: absorbant en lui les lumières et les eaux de l'univers, l'éblouissant globe de cristal reposait sur ses dragons d'or!

III

«Quittant pour toujours ces forêts de ténèbre et de lumière, je repartis de par le monde, emportant avec mes richesses le pur cristal enfin conquis. Je redécouvris la mer souriante ou repue de tempêtes, les sources vives et les eaux chatoyantes, les merveilles de la lumière et du verre. Je parcourus des métropoles et vis leurs palais nouveaux, mais nul endroit ne me parut digne de recevoir mon trésor. Je quittai les routes profanées par l'homme, à la recherche des déserts, des forêts ou des monts encore vierges. Puis un jour, les flots de la mer d'occident conduisirent en ce lieu mon navire à la dérive.

«Sur ces falaises orgueilleuses, j'épuisai ma fortune et fis construire en secret le château où j'écris cette nuit. Rien ne me parut trop somptueux pour abriter mon bonheur et je voulus que toutes les obsessions de ma vie se fondissent ici avec la mer voisine; des quatre coins de l'univers, j'emportai les aiguières et les coupes de cristal, les lustres et les glaces, les métaux aux couleurs de lumière qui, durant des siècles, m'avaient fasciné. Seul avec ton souvenir de plus en plus estompé par les buées du temps, ô ma seule amie, je m'entourai d'époques et de mondes que nous avions aimés ou parcourus ensemble. Je fis installer dans mes jardins que je voulus spacieux des fontaines et des bassins aux jets d'eaux cascadantes. Et dans un vaste studio moderne éclairé par le ciel et la mer, je sus repeindre pour moi les liquides «nymphéas» d'Elstir.

«Puis, dans un cabinet chinois me rappelant ceux que tu aimais, aux pieds d'un grand bouddha de jade écar-

late porté par un lotus de cristal noir, je déposai sur un autel de bronze incrusté de pierreries le globe de cristal aux dragons d'or moqueurs.

«Les premiers mois, je me suis satisfait de le contempler chaque soir durant quelques instants. Mais peu à peu un phénomène étrange est advenu, qui m'oblige à écrire hâtivement, cette nuit, ces mots dictés par le mal qui m'obsède. De jour en jour, d'abord imperceptiblement, ce cristal enfin possédé me parut s'emparer de moi et devenir mon maître: chaque soir, je me sentais davantage prisonnier de la fascination qu'il exerçait sur moi. D'abord agréable par l'extase immobile qu'elle paraissait créer, cette fascination devint graduellement plus pénible et bientôt presque insupportable. J'en vins à consacrer à la contemplation du cristal des périodes de plus en plus prolongées: inexorablement, il devenait chaque nuit plus difficile d'en détacher mon regard, captif de sa pureté.

«D'abord distrait des choses les plus banales de mon existence, je me sentis plongé peu à peu dans un état perpétuel de rêverie et de distraction, n'agissant plus qu'en automate ou en somnambule, incapable de concentration ou même de réflexion précise. Il me semblait perdre l'essentielle vertu de lucidité. Ruiné par la construction et l'aménagement de mon palais, j'avais dû trouver de nouvelles entreprises dont j'allais parfois m'entretenir. (L'avion avait depuis longtemps remplacé le transport transatlantique et l'électricité l'emportait sur la puissance de l'eau.) Un temps, ces activités, ces transformations m'absorbèrent suffisamment pour vaincre les douloureuses exigences de ma rêverie. Mais aussitôt chez

moi, j'y succombais à nouveau. Il me devint bientôt impossible de faire quoi que ce fût et je dus mettre fin à mes diversions: j'étais à jamais obsédé par l'admiration et la contemplation exclusives du cristal et ne pouvais plus désormais lui échapper.

«Un soir — il n'y a pas si longtemps, je pense, car déjà les torrents fascistes déferlaient sur le monde et l'atome rugissait dans sa prison de feu —, j'ai soulevé le globe devenu si cruel de son autel de bronze; je l'ai transporté dans mon studio et déposé, dans la lumière déversée par le ciel et la mer, sur cette table d'ébène. Là, je pensais rompre l'envoûtement, je crus pouvoir me libérer en détachant du globe les deux dragons ailés, dont l'or me paraissait maintenant souiller la lumière du cristal. Employant ce qu'il me restait de force, j'arrachai le globe à ses gardiens.

«Durant toute ma vie, j'avais cherché la plénitude absolue de ce cristal. Depuis sa découverte, j'imaginais le globe d'une pureté parfaite, d'une rondeur lisse et sans défaut. Or, à l'endroit profané depuis toujours par les sinueux dragons d'or, le cristal libéré m'apparut quelque peu rugueux. J'y portai la main. Une goutte de sang perla. C'est alors que mon mal a commencé.

«J'ai d'abord ressenti à la main puis au bras une douleur intense. Parfois des gouttelettes de sang étincelaient sur ma paume ou sur mon front, brillant comme de cruels petits regards de rubis. De jour en jour, un malaise indéfinissable a gagné mon corps tout entier, devenant de plus en plus pénible et angoissant, bientôt douloureux, atroce, intolérable. C'est maintenant de l'intérieur que je me sens bu, absorbé par le cristal ma-

léfique. Jamais je n'atteindrai le douzième millénaire. Et j'épuise cette nuit, dans une brève accalmie du glacial maelstrom qui m'engloutit en moi-même, le dernier frémissement de ma liberté en écrivant de plus en plus rapidement ces lignes inutiles...»

* * *

Ces derniers mots avaient été tracés d'une main tremblante et la calligraphie en étant de plus en plus fluide, j'avais dû déchiffrer à grand peine la fin de ce curieux manuscrit. Je ne savais trop s'il fallait y voir la rêverie œdipienne d'un adolescent ou l'inquiète fantaisie d'un vieillard solitaire. Mais je ne pouvais nier la fascination qu'avait exercée sur moi l'éblouissant cristal.

Malgré mon scepticisme, j'hésitais à vrai dire de le regarder, feuilletant ironiquement le cahier noir. Je n'en ressentais pas moins un vague malaise — en vérité une sourde angoisse que je refusais d'admettre. J'aurais voulu quitter cet oppressant château. Mais je ne pouvais me résoudre à le faire sans regarder une dernière fois le globe de cristal, dont s'échappaient maintenant, dans le studio de plus en plus obscur, des lueurs liquides et frémissantes.

J'allais brusquement fermer le cahier quand je découvris, sur la dernière page, ces lignes écrites par une autre main, qui me parut à la fois féminine et plus ferme:

60

«Ainsi renonça-t-il à l'amour et à la société, ainsi épuisa-t-il stérilement des années de vie et de siècles d'histoire — englouti par la contemplation du globe à la lumière captive, de l'égoïste miroir aux eaux prisonnières, reflet illusoire du bonheur ou de la plénitude qu'il pensait y découvrir. Il ne sut pas en arracher le secret véritable, il ne sut pas en libérer l'esprit. — Aveuglé par sa lumière trompeuse et proche de ses mirages, il ne cherchait d'ailleurs en moi, en mon imparfaite réalité, que «le ciel» de mes yeux ou «le soleil» de ma chevelure: il ne retrouvait qu'en mon absence les parfums de mon corps. Il ne voyait personne que moi, il en vint à ne plus me voir.

«Le mal indéfinissable dont souffrait sa chair depuis plusieurs semaines envahit peu à peu son esprit. Un soir, dans le studio moderne que j'avais conçu (je n'ai jamais aimé les boudoirs chinois), je le vis écrire fiévreusement, absorbé comme jadis dans son travail. Mais il sombra bientôt dans une torpeur qui le priva de toute lucidité. Une nuit, pourtant, j'aurais pu croire sa raison revenue. Mais étant sorti brusquement, il descendit à la hâte l'étroit escalier creusé dans la falaise et menant à la mer: la grande amie de son enfance calmerait à nouveau son coeur et son esprit troublés. Comment aurais-je pu le retenir?...

«Mais voici qu'à son tour, comme le cristal maudit, la mer le fascinait. Il voulut la saisir et la posséder. Lentement, elle le conquit. Une vague le renversa. Il lutta un instant mais en vain contre une lame de fond. Et la mer infinie, à jamais, l'enveloppa de son ombre.»

10 octobre 1954
(février 1971)

Jacques Brossard, *le Métamorfaux*, Montréal, Hurtubise HMH, 1974, p. 81-95.

ANDRÉ CARPENTIER

André Carpentier naît à Montréal en 1947. Il fait des études en pédagogie, en psychologie et en littérature. Il est adjoint au directeur du Pavillon international de l'humour à Terre des Hommes avant de devenir pigiste, chargé de cours, chroniqueur littéraire et radiophonique et professeur à l'Université du Québec à Montréal. Il participe à la fondation de XYZ. La revue de la nouvelle, collabore à la Presse, Moebius, Livre d'ici et à la réalisation de plusieurs ouvrages collectifs: il est le principal responsable de «la Bande dessinée kébécoise» dans la Barre du jour, en 1975, d'un numéro spécial sur «le Fantastique», avec Marie José Thériault, dans la Nouvelle Barre du jour, en 1980, de Dix contes et nouvelles fantastiques par dix auteurs québécois (Montréal, Quinze, 1983), de Dix nouvelles de science-fiction québécoise (Montréal, Quinze, 1985) et des Actes du premier colloque de bande dessinée de Montréal (Montréal, Analogon, 1986) avec Jacques Samson. Il publie de nombreux récits fantastiques et obtient le Prix Boréal 1983 pour Du pain des oiseaux.

Axel et Nicholas, suivi de Mémoires d'Axel (roman), Montréal, Éditions du Jour, 1973.
L'Aigle volera à travers le soleil (roman), Montréal, Hurtubise HMH, 1978.
Rue Saint-Denis. Contes fantastiques, Montréal, Hurtubise HMH, 1978.
Du pain des oiseaux. Récits, Montréal, VLB éditeur, 1982.

La Bouquinerie
d'Outre-Temps

Aucun homme ne résiste à la découverte de ses mobiles.
Des frites, des frites, des frites...

Arnorld Wesker

À 35 ans, Luc Guindon était un jeune écrivain fort apprécié dans les cercles littéraires. Le public, également, avait réservé à ses trois premiers romans un accueil significatif. Il faut dire que ces trois œuvres, dont les actions se situaient au cœur du Montréal francophone du 19e siècle, étaient arrivées en pleine mode rétro. Toutefois, pour Luc Guindon, il ne s'agissait pas là de l'effet d'une mode, mais plutôt d'une passion que son activité d'historiographe rendait à la fois justifiée et plus facile. Car Luc était surtout connu comme historiographe, spécialiste de la petite histoire de la ville de Montréal et de ses environs. Ses deux ouvrages, *La petite histoire de la Main* et *Histoire des quartiers de Montréal*, avaient d'ailleurs connu de grands succès en librairie, lui méritant parallèlement quelques prix d'organismes nationalistes ainsi que l'admiration de la génération des cégeps à qui les professeurs d'histoire et de sociologie faisaient lire ces deux ouvrages.

Et pour vivre (car chacun sait que les droits d'auteurs ne rapportent pas de quoi tremper son pain dans la soupe), Luc tenait une chronique d'histoire de la ville de Montréal sur les ondes MF de Radio-Canada.

De plus, Luc Guindon était aussi connu pour être le fils du célèbre notaire Guindon, Armand Guindon, qui fut à la fois échevin sous Camilien Houde, député silencieux sous Duplessis et lui-même historiographe et spécialiste de la petite histoire de la ville de Montréal. Le notaire Guindon est mort en 1972, à l'âge de soixante-dix-sept ans.

Mais Luc était maintenant surtout connu comme le petit-fils de Lucien Guindon (1845-1923), critique littéraire et musical à *La Minerve* puis à *La Presse* et célèbre écrivain d'anticipation de la fin du dix-neuvième siècle. En fait , le seul écrivain d'anticipation de notre histoire littéraire. Et quel génie de la prospective, qui entrevit bien avant leur heure l'essor de quelques-unes des plus grandes réalisations techniques du vingtième siècle. La puissance atomique, par exemple, dont il parlait déjà, en 1879, dans une nouvelle intitulée « Trois heures plus tard »; les gratte-ciel, dont il décrivait assez fidèlement le rôle social, et cela dès 1881, dans une nouvelle intitulée « Et l'air vint à manquer »; ou la miniaturisation électronique, dans « Voyage au centre de la lune » (1884). Sans compter de nombreuses découvertes scientifiques, médicales et même artistiques de notre siècle qui, à la fin du sien, lui valurent l'odieux du ridicule et les risées générales de la société francophone bien pensante de Montréal et de Québec, menée en cela par le clergé ainsi que par quelques intellectuels inquiets de l'époque.

Or, ce n'est que maintenant, plus de cinquante ans après sa mort, que l'on redécouvre ce grand visionnaire! Et cela grâce à un ouvrage remarquablement bien documenté, écrit et publié à compte d'auteur par son petit-fils, Luc Guindon. Et à la suite du grand succès de ce livre, intitulé *Lucien Guindon, le visionnaire*, Luc a pu rééditer déjà plus d'une trentaine des quelque deux cent vingt-cinq nouvelles écrites par son ancêtre entre 1878 et 1899.

Dans une certaine mesure, on aurait pu dire que Luc était satisfait de sa façon de vivre. Bien que ses revenus ne lui permissent pas trop de fantaisies, il avait la chance (chance dont il était pleinement conscient) de travailler au hasard de ses goûts et à son propre rythme. Il entretenait, par exemple, un volumineux courrier avec de nombreux historiens, ou tout simplement (et c'est ce qui lui plaisait le plus) avec des personnes âgées pouvant témoigner de différents faits de notre petite histoire et qui alimenteraient l'originalité de sa documentation.

Or, ce matin-là précisément, Luc avait rencontré en sortant de chez lui son ami Ti-Bi, le facteur, qu'il considérait d'ailleurs comme le plus important de ses fournisseurs. Et Ti-Bi lui avait remis une lettre (une seule lettre, et cela l'étonnait) qu'il entreprit de lire tout en descendant sa bonne vieille rue Laval, en direction du carré Saint-Louis. Mais une telle lettre ne pouvait qu'arriver seule, pensa-t-il, au fur et à mesure qu'il avançait dans la lecture de cette étrange missive:

Montréal, le 16 août 1978

Cher monsieur,

Je suis un homme d'âge mûr (en fait, j'aurai bientôt quatre-vingt-dix ans) qui a bien connu votre grand-père, le maintenant et enfin célèbre Lucien Guindon, au cours des dernières années de sa vie.

Lucien Guindon était un homme très replié sur lui-même et très amer. Et cette amertume, due à l'incompréhension des intellectuels de son temps, en faisait de surcroît un homme fort peu loquace; de sorte qu'il nous fut toujours impossible, à mes amis et à moi qui l'admirions tant, de l'amener à nous dévoiler les raisons véritables qui l'avaient conduit à cette carrière tardive d'écrivain d'anticipation.

Il ne consentit en effet jamais à nous révéler ce «lourd secret» auquel il faisait quelquefois allusion et qui fut, du moins s'il faut en croire ses dernières paroles, à l'origine de cette étonnante carrière.

Si je me permets de vous écrire aujourd'hui, c'est pour vous souligner une petite erreur qui s'est glissée dans le très beau et très intéressant livre que vous venez de lui consacrer.

Vous écrivez en effet, à la page 97, qu'il n'est jamais fait mention, dans son œuvre, de sa propre époque, mais que les actions de ses nouvelles se passent toujours dans notre présent à nous, c'est-à-dire son futur à lui. Or vous avez presque raison. Je dis presque, parce qu'il y a trois exceptions à cette règle; trois exceptions qui n'en font d'ailleurs qu'une car il s'agit des trois nouvelles («L'horloge du désert», «La fin des glaces» et «L'image sans fil») qui commencent toutes trois de la même façon. Le héros, en effet, au début de chacune de ces histoires, rend visite à un libraire de ses amis qui tient boutique rue Saint-Denis afin de lui demander conseil...

Monsieur Guindon, je vous demande de me croire... Ce libraire, c'était mon père, Antoine, qui fut l'ami intime de Lucien Guindon et qui, par voie de conséquence, le reçut souvent chez nous et à son commerce de livres, à l'enseigne de La Bouquinerie d'Outre-Temps. J'ai moi-même, paraît-il, souvent sauté sur les genoux de votre grand-père, avant de devenir l'ami de votre père, dont j'étais l'aîné de sept ans, et, ma foi, un peu le confident de votre grand-père à la toute fin de sa vie.

J'aimerais beaucoup vous voir et vous parler de cette époque. J'ai tant de choses à vous raconter.

Venez vers cinq heures. Mais ne tardez pas trop, car à mon âge...

Hector Dumas
XXXX rue Saint-Denis
Montréal

Pour la première fois, depuis qu'il habitait ce quartier qu'il aimait tant, Luc traversa le carré Saint-Louis sans penser, comme il le faisait habituellement, à tout ce qu'avait représenté ce parc pour de nombreuses générations de francophones; il ne chercha pas des yeux non plus les jeunes étudiantes du cégep du Vieux-Montréal qui venaient souvent s'y asseoir en se laissant charmer par les arbres, le vent chaud et le chant des oiseaux de ville. Il fila droit sur la rue Saint-Denis, se mordant presque les pouces de n'avoir pas trouvé ce témoin extraordinaire des dernières années de la vie de Lucien Guindon avant la parution de son livre!

Puis soudain, comme ramené à la réalité par la position du soleil, il vit qu'il n'était que midi. Il avait donc cinq heures à perdre avant d'aller jaser un peu avec Hector Dumas. Cela lui laissait amplement le temps d'aller à la Bibliothèque nationale se renseigner un peu sur cette librairie d'Outre-Temps; cela, bien sûr dans le but de faciliter l'interview du vieil homme. Mais il allait être bien déçu...

D'abord, ses recherches furent vaines. Mais, dans de vieux annuaires, il apprit que cette librairie n'avait existé que de 1878 à 1899! Fait étonnant, cette période recouvrait exactement la durée de la carrière d'écrivain d'anticipation de Lucien Guindon. Et Luc avait trop travaillé sur ces vingt et une années et quelques mois pour que la coïncidence ne lui sautât pas immédiatement aux yeux...

Il ressortit donc de la Bibliothèque nationale plus anxieux que jamais de rencontrer Hector

Dumas. Mais comme il n'était que deux heures dix, il s'en alla, comme presque tous les jours, s'attabler à une terrasse et but quelques bières au milieu d'une foule calme, quoique affairée, reluquant les unes et causant avec les autres.

Il faisait une chaleur torride à Montréal, en ce jour du mois d'août, et l'humidité écrasait tout sur son passage, ce qui le porta à parler plus intensément que d'habitude et à boire avec plus d'avidité, en essuyant continuellement ses moustaches avec ses revers de manches et en soufflant souvent dans l'échancrure de sa chemise blanche.

Le temps passa ainsi, de verre en verre, de fille en fille et de groupe d'amis en groupe d'amis, le tout baignant dans la soif et dans des discussions interminables et parfaitement stériles. Et cela passa si rapidement que ce n'est qu'en entendant quelqu'un commander à manger qu'il se rendit compte qu'il était passé cinq heures! Et sa stupéfaction s'accrut lorsqu'il vit qu'à quelques pas de lui, dans la rue Saint-Denis, il faisait déjà noir! La nuit était même opaque. Seules, quelques fenêtres éclairées donnaient une impression de vie à l'extérieur du café-terrasse. On eût dit une sorte de gigantesque tableau de bord indiquant les coordonnées d'un vol au-delà de la nuit des temps.

Ainsi donc, il avait complètement raté son rendez-vous. Et sans doute était-il déjà trop tard pour aller frapper à la porte du vieil homme qui, de toute façon, devait déjà dormir depuis longtemps, baignant confortablement dans quelque image de son passé. Et puis, surtout, même s'il n'était pas trop saoul pour le constater, il l'était trop pour risquer de gâcher cette importante rencontre!

Il ne lui restait qu'à se remettre à boire. Et plus il buvait, plus il pensait que la nuit n'était qu'un faible et éphémère trait d'union entre d'infinies sources génératrices de soleil et de vie! Le tout dura jusqu'à ce que le sol se mît à danser sous ses pieds et que sa langue raidît sur les syllabes difficiles. Puis, poussé en cela par ceux qui l'entouraient et le subissaient, il décida de rentrer à la maison poser son cerveau houleux sur des piles d'oreillers...

Mais c'était compter sans les hasards étranges et les mystères inquiétants de la nuit noire... la-sans-lune, la-sans-auréole, celle qui fait culbuter l'oiseau de nuit à l'ombre des ténèbres...

Or, le soir, souvent dans les rues à la mode des grandes cités, de multiples âmes désemparées viennent justement promener leurs corps d'engoulevents sur les traces de la multitude; et, comme pour se différencier des promeneurs agités du jour, ces oiseaux de nuit, généralement en petits groupes et qui confondent le soleil et la lune, ponctuent la pénombre de leur démarche dolente et battent la semelle dans le clair-obscur des rues mal éclairées. Souvent aussi, on dirait des grappes de patères chargées de vieux manteaux qui sillonnent la nuit et se croisent sans cesse sans se reconnaître... Car la nuit, se répétait Luc, tous les oiseaux sont gris!

En quittant la terrasse, ce soir-là, il eut l'impression d'appartenir corps et âme à cette race pâle et voûtée qu'il n'avait toujours vue que d'un œil distrait, sans se rendre compte, bien sûr, qu'il tenait lui-même de ce petit monde comme le fruit de l'arbre. Et cela, d'une certaine façon, le rassura. Il se sentait maintenant chez lui dans cette foule dispersée mais vivace de la nuit. Il souriait à l'inconnu, et il n'en était pas peu fier. Si seulement il avait pu marcher droit, sans tituber ni zigzaguer, son bonheur eût été complet...

Il concentra donc toutes ses énergies à retrouver son équilibre, autant moral que physique. Et c'est sans doute dans ce but qu'il se mit soudainement à lire systématiquement toutes les adresses des maisons devant lesquelles il déambulait péniblement. Il annonçait les numéros à haute voix, puis répondait aussitôt à son propre écho. C'est ainsi qu'il se mit à courir afin de ne pas perdre son rythme de lecture. Mais comme cela arrive souvent, le corps ne suivant pas toujours l'esprit, il s'affala lourdement sur le trottoir après avoir emmêlé ses pieds, comme on le voit souvent dans les films de Charlot. Bien sûr — et en cela il restait fidèle à la race irascible des hommes saouls — il ne se fit aucun mal. Sa tête heurta violemment une borne-fontaine, mais il ne s'en rendit pas vraiment compte.

En fait, plutôt que la douleur, c'est son isolement, sa solitude dans cette rue habituellement achalandée qui le surprirent. Il lui parut, tellement il se sentait perdu, être à la fois dans l'espace et dans le temps et qu'un rayon de lune, comme un réflecteur de théâtre, n'éclairant que lui seul, venait comme l'isoler sur une immense scène. Mais ce n'était pas la lune, cette pauvre folle partie aux antipodes draguer le jour, qui l'encadrait ainsi de sa lumière; c'était une vitrine, qu'il percevait en contre-plongée et dont l'éclairage intérieur allait rapidement en s'intensifiant. À travers cette vitrine, aussi, il distinguait de plus en plus clairement la présence d'un homme d'une trentaine d'années, à large barbe et à cheveux roux, qui paraissait affairé à examiner de vieux livres.

Forçant ses yeux à prendre du recul, Luc put lire, peint en demi-cercle dans la vitrine:

La Bouquinerie d'Outre-Temps

Cela sembla le dégriser d'un seul coup! Alors il se releva et s'approcha lentement, comme un chasseur guettant sa proie, de cette bouquinerie inconnue...

Il pensa d'abord que c'était bien là la seule bouquinerie qui lui fût inconnue de toute l'île de Montréal et à des lieux à la ronde, Et, si près de chez lui, à part ça, dans cette rue Saint-Denis qu'il croyait pourtant bien connaître par cœur!

Puis il relut à deux ou trois reprises le nom de la boutique dans la vitrine et sur l'enseigne de fer forgé éclairée par la seule lumière venant de l'intérieur. Il sortit aussi de sa poche la lettre d'Hector

74

Dumas pour finalement se rendre compte qu'il s'agissait bien de la même adresse!

Sa curiosité, à n'en pas douter, était sérieusement mise à l'épreuve. Alors, faible devant le mystère comme tous les grands chercheurs de ce monde, il se décida de frapper à la porte de La Bouquinerie d'Outre-Temps.

Étrangement, l'homme roux qui vint lui ouvrir sembla le reconnaître à travers même la porte vitrée. Il reçut d'ailleurs Luc avec une telle déférence que ce dernier le jugea tout de suite précieux et pompeux.

— Quel honneur pour moi, cher monsieur Guindon, que de vous recevoir dans mon humble boutique... d'autant plus que l'ouverture officielle ne doit avoir lieu que demain!

— Je serai donc votre porte-bonheur, lui lança alors Luc, fort impressionné de sa réputation et du cas que l'on faisait ici de lui!

— Espérons que cela dure cent ans ou plus.

Sur quoi les deux hommes multiplièrent courbettes et sourires avant que le bouquiniste roux, d'un signe distinctif de la main, accompagné d'un mouvement des yeux indiquant la direction à suivre, ne permît à son visiteur d'aller entre les rayons fureter dans les livres.

Alors, commença pour Luc une étonnante quête de jouissance et de savoir. Étonnante, parce que le jeune historiographe, pour une raison qu'il ne saisissait pas très bien, ne se sentait pas vraiment à l'aise, et cela malgré qu'à première vue on eût pu

75

dire qu'il se trouvait dans son élément. Aussi ne fit-il d'abord que regarder, sans toucher, comme un invité timide qui attend que l'hôte se serve le premier de «chips» ou de canapés...

Cette hésitation, plutôt physique que morale, lui permit assez rapidement d'éclairer son embarras. Il perçut en effet la cause de son inconfort inhabituel dans un univers livresque: c'était la marque du temps! C'est-à-dire l'époque de tous ces livres: fin dix-huitième siècle, début dix-neuvième!

Et en même temps qu'il comprenait cela, il entendait derrière lui l'homme roux, penché sur une caisse, s'exclamer dans une langue châtiée, à la vue de ce qu'elle contenait. Alors, Luc, comme l'invité timide devant les canapés qui sans trop choisir arrive à prendre le plus appétissant, tira un grand livre relié, à l'épine de cuir.

Ce bel objet, car c'en était un, lui procura, l'espace d'un instant, un profond sentiment de confort, mêlé d'étrange et de raffinement. Sur la couverture, deux petites initiales, A.D., gravées en plein milieu relevaient le cuir terne d'un éclat doré.

Ce curieux livre, était composé également d'une trentaine de feuilles blanches, protégées par autant de papiers pelure d'oignon, dont la majorité portaient des dessins aux couleurs vives. Qui plus est, ces dessins, des originaux à n'en pas douter, représentaient tous le même immeuble: celui de La Bouquinerie d'Outre-Temps, parfois vue de l'extérieur, parfois représentant l'intérieur. De plus, pouvait-on lire sur une page de garde, écrit à la main avec une élégance que l'on ne voit plus de nos jours: La Bouquinerie d'Outre-Temps, dessins originaux de A.D., exemplaire numéro vingt et un.

— Dites-moi, lança nerveusement Luc à l'homme roux qui, absorbé par son travail, sursauta en entendant la voix de son client, ce livre est-il à vendre?

— Bien sûr, lui répondit l'autre en s'approchant, puisqu'il est sur le rayon. Mais je crains qu'il ne soit un peu cher. Voyez-vous, je fais moi-même ces dessins un à un et...

— Combien? interrompit Luc, étonné de l'attitude du bouquiniste.

Mais l'homme hésitait, ne sachant pas très bien comment s'y prendre, ce que Luc ne fut pas sans remarquer. Aussi décida-t-il de jouer le jeu du client débonnaire.

— Vous ne le vendriez pas cinquante dollars...

— Certes non, lui répondit l'homme roux. Mais à moins de quarante dollars, je ne sais pas si...

Luc tombait des nues: ce livre valait bien plusieurs fois cette somme! Alors il s'informa des prix de quelques autres raretés bien en vue sur les rayons et dans une petite bibliothèque vitrée. À n'en pas douter, les prix demandés par le libraire étaient trop bas, vraiment trop bas! À peine dix ou quinze pour cent de la valeur véritable!

Craignant donc que ces livres de collection ne tombassent entre les mains de néophytes, Luc résolut d'avertir le jeune bouquiniste du manque de réalisme de ses prix, mais non sans en avoir lui-même au préalable profité. Puis, bien qu'indécis dans son énervement, il parvint à entasser dans une caisse de bois une quarantaine de livres dont le prix total s'élevait à cent cinq dollars, et demanda qu'on lui mît le tout de côté.

— Je viendrai demain avec l'argent.

Mais, se souvenant tout à coup qu'il passerait presque toute la journée du lendemain en studio, pour enregistrer une série spéciale consacrée à l'histoire du quartier Hochelaga, il fit part au jeune homme à barbe qu'un empêchement majeur ne saurait lui permettre de revenir le lendemain avant l'heure normale de fermeture.

— Ce n'est rien, lui répliqua le bouquiniste. Je vous attendrai jusque vers sept heures. Tenez, voici votre facture.

Et les deux hommes se séparèrent, certains tous deux d'avoir fait une bonne affaire.

Dans la clameur étouffée de la multitude endormie, celle-là par qui l'Histoire régénère ses maillons, il est difficile de comprendre ce qu'il advint du jeune commerçant de livres tandis que, de son côté, Luc s'en allait finir la nuit et dépenser ses derniers dollars dans une boîte sombre de la rue Saint-Laurent. De la nuit d'épouvante qui suivit il ne garda qu'un oppressant souvenir de bière, de musique et d'éclats colorés de lumières. Le tout accompagné d'un violent «mal de bloc» qui commença à lui cerner le crâne dès le lever du soleil.

Et puis, plus subtilement, comme un souvenir tenace, lui revint le bruit d'un galop de cheval sur le macadam et le roulement en écho de plusieurs calèches éclaboussant le silence de la ville endormie...

Le lendemain, vers dix-huit heures, sortant des studios de Radio-Canada sur la pointe des pieds afin de ne pas amplifier son mal de tête, Luc se dirigea tout de go vers la rue Saint-Denis et La Bouquinerie d'Outre-Temps.

Il se trouva d'abord bien distrait de ne pas avoir noté le lieu avec exactitude, puis fort malhabile de ne pas retrouver tout de suite l'endroit. Et, finalement, bien stupide de ne rien retrouver du tout.

Il consulta donc la lettre d'Hector Dumas pour se rendre compte qu'il était bien devant l'adresse indiquée, c'est-à-dire, théoriquement du moins, devant la bouquinerie. Mais il n'y avait là qu'une maison de chambres comme il y en a tant rue Saint-Denis. Et pas de boutique de livres, ni de bouquiniste à cheveux roux!

N'ayant donc rien à perdre, il entra s'informer auprès de la logeuse. Mais lorsqu'il fit mention de la bouquinerie, là où il était supposément venu la veille même, la grosse femme en profita pour lui conseiller de délaisser la boisson au profit d'une vie consacrée à la foi et à la prière. Et lorsqu'il lui demanda si elle connaissait un vieux monsieur répondant au nom d'Hector Dumas, elle lui apprit que le vieil homme était mort la veille dans la soirée, que le fils du défunt, dont elle ne connaissait ni le prénom ni l'adresse, avait tout emporté et que la chambre était déjà occupée par une jeune ballerine de Jonquière.

Luc avait un peu mal au cœur. Il ne comprenait pas ce qui lui arrivait. Il coupa donc court à ces commérages, ce qui eut l'heur de froisser la logeuse, et s'en alla déambuler du côté du carré Saint-Louis puis, plus au nord dans le coin des antiquaires.

Mais avant de s'y rendre, il traversa la rue, histoire de se donner un peu de recul, et voir s'il ne s'était pas tout simplement trompé de maison. Après tout, cette bouquinerie ne pouvait pas s'être volatilisée en quelques heures sans laisser de traces! À moins que, dans son ivresse de la veille, il ne se fût retrouvé dans une autre rue, ce qui était peu probable... ou bien que... Ou bien qu'il avait simplement rêvé toute cette histoire! Commençait-il à confondre le réel et l'imaginaire, à fabuler? Perdait-il lentement la raison?

Comme pour effacer cette dernière possibilité de son esprit, il secoua énergiquement la tête et lança à haute voix:

— Mais où est-elle?

Son cri était à peine lancé qu'un grand homme en uniforme vint lui demander, d'un air autoritaire, ce qu'il avait perdu.

— La librairie! La Bouquinerie d'Outre-Temps...

Le policier sembla se rembrunir.

— Vous êtes certain de ne pas vous tromper de rue?

— Sûr! Elle était là encore hier soir...

Et pour la seconde fois en quelques minutes, on conseilla à Luc de délaisser la bouteille... surtout avant le souper! Le mot «drogué» aussi parvint à ses oreilles, et cela, au moins, le fit un peu rire.

Plus tard, déambulant d'une vitrine d'antiquaire à une autre, cédant en cela aux conseils d'abstinence de son entourage, Luc se demandait encore si, en heurtant le sol et la borne-fontaine, son cerveau ne s'était pas tout simplement mis a gambader, actualisant ainsi un certain nombre de désirs refoulés, de même que quelques-uns de ses plus audacieux rêves de collectionneur!

Mais un petit geste fort banal vint lui faire oublier immédiatement cette éventualité. En mettant la main dans sa poche de veston, il trouva en effet une facture jaunie à l'effigie de La Bouquinerie d'Outre-Temps et totalisant la somme de cent cinq dollars! De plus, l'adresse était identique à celle inscrite sur la lettre du défunt Hector Dumas.

Subitement, toutefois, un petit détail de cette facture allait le replonger dans de troublantes méditations! La date: le 18 août 1878!

Dans les jours qui suivirent, Luc vit son courrier s'accumuler de façon alarmante; quelques recherches en cours restèrent aussi sur le coin de son bureau sans qu'il y prêtât la moindre attention. Il négligea également sa chronique hebdomadaire, se contentant, ce qui était fort inhabituel chez lui, d'y débiter des généralités et du réchauffé, paraphrasant les uns, citant les autres.

Chaque soir également, il descendait la rue Saint-Denis jusqu'aux terrasses et rentrait après leur fermeture, généralement saoul d'ailleurs, mais la gorge asséchée malgré tout d'avoir trop parlé. Et lorsqu'il passait devant le lieu de la fameuse bouquinerie fantôme, fût-il avec des amis, il s'arrêtait toujours quelques secondes, comme s'il entretenait encore quelque espoir de trouver un indice de l'existence de la boutique et de l'homme roux!

Or, par un soir de forte pluie et de grand vent, justement — il devait être aux environs de minuit trente —, alors qu'il marchait lentement contre la tempête, transi, grelottant, quelle ne fut pas sa surprise, son horreur presque, en levant distraitement les yeux sur l'ancienne maison de chambres d'Hector Dumas, d'y reconnaître La Bouquinerie d'Outre-Temps, doucement éclairée par une lumière diffuse et dansante! Cela ne fut pas sans lui rappeler, d'ailleurs, qu'il en avait été ainsi la première fois...

Il s'y précipita sans hésiter, plus à la recherche cette fois de son propre équilibre psychique que de livres de collection. D'ailleurs, il faut préciser qu'il avait déjà dépensé, pour ne pas dire bu depuis longtemps les cent cinq dollars qu'il avait été cueillir à la Caisse populaire, au lendemain de sa première visite à la bouquinerie.

Aussi, sa première réaction fut-elle de se précipiter vers le libraire roux et de lui demander confirmation de l'adresse de son commerce. Mais il n'eut pas le temps de lancer le premier mot que le bouquiniste l'apostrophait en lui reprochant sévèrement son retard!

Luc ne comprenait pas très bien ce qui se passait. Il balbutiait qu'il en était conscient mais que... qu'il regrettait, mais que... Il n'arrivait pas à s'expliquer; l'autre le submergeait de reproches et de rancune. Et tandis qu'il se penchait sous le comptoir pour y prendre la caisse de livres mis de côté par Luc, il bouscula sérieusement le jeune historiographe en lançant une phrase qui, pour lui-même, était sans doute fort banale:

— Je vous avais bien dit, hier, que je vous attendrais jusque vers sept heures, monsieur Guindon. Je vous fais remarquer qu'il est déjà presque une heure du matin. C'est bien parce que j'ai beaucoup d'admiration pour vous et le travail que vous faites que...

— Hier, coupa Luc, interloqué!

— Oui... hier soir... lorsque vous êtes venu me voir...

À ce moment, pour Luc, les choses commencèrent à se précipiter.

Tandis qu'il tentait d'expliquer à l'homme roux que la scène à laquelle il faisait allusion avait plutôt eu lieu une dizaine de jours auparavant, un bruit à la fois étonnant et familier vint le distraire de son propos. C'était le bruit d'une autre époque: celui d'une calèche, rythmé par le galop énergique d'un cheval! Et cela, mêlé aux lampes à l'huile dansant sur le comptoir et sur le premier rayon, mêlé aussi à l'allure romantique de l'homme roux, lui ouvrit les yeux sur le sens véritable des événements des derniers jours.

Cependant, il fit mine de ne pas comprendre; cela était impossible, voire impensable! Comment aurait-il pu, en effet, reculer ainsi dans le temps, et cela jusqu'à l'époque de son cher ancêtre, le mystérieux mais si présent Lucien Guindon. Mais, en même temps qu'il luttait contre la perspective d'un retour en arrière, il ne fait pas de doute qu'intérieurement il souhaitait plus que tout que cela se produisît.

Il est difficile de déterminer ce qui joua le plus dans ce que Luc interpréta comme un hiatus temporel; était-ce la volonté débridée de l'Histoire? l'insatisfaction de son temps, ou le désir effréné de Luc de pister son héros ancestral? Ou tout simplement le hasard méthodique de sa folie?

Quoi qu'il en soit, il dut se rendre à l'évidence: les calèches se suivaient toujours dans la nuit pluvieuse. Quelques femmes, aussi, en bottines lacées, et cintrées dans leurs corsages, leurs jupes traînant dans les flaques d'eau, déambulaient rue Saint-Denis en riant sous leurs parapluies. Et puis trois hommes en chapeau melon qui les suivaient à grands pas, excités par l'odeur des jupons mouillés.

Le bouquiniste, bien sûr, ne fut pas sans remarquer le teint pâle et l'oeil hagard de Luc. Aussi lui offrit-il d'aller lui-même porter les livres à son domicile.

— J'enverrai quelqu'un prendre l'argent d'ici quelques jours, si cela peut vous accommoder.

Luc ne marqua ni son accord ni son désaccord. Il était prêt à accepter n'importe quoi pourvu qu'on lui laissât s'en aller prendre l'air et se rafraîchir sous la pluie lente de la nuit... lourde. Ce qu'il fit dès que le bouquiniste lui eut ouvert poliment la porte dans un grand geste familier qui semblait vouloir dire «au revoir et à bientôt, cher ami».

Dehors, Luc laissa le vent et la pluie pénétrer les pores de son visage, tirant profit de leur caractère vivifiant, certain que les éléments ne pouvaient sciemment le tromper. Machinalement, aussi, il vira du côté des terrasses; mais là encore, la logique de l'Histoire le ramena à la réalité de son nouveau siècle; bien sûr, en ce temps où la rue Saint-Denis jouait le rôle de dortoir de la petite bourgeoisie francophone, il ne fallait pas penser y voir des terrasses. La preuve se faisait ainsi de plus en plus pressante, de plus en plus englobante! Il considéra donc le fait comme acquis. N'était-il pas d'autre part, de ce genre d'hommes qui préfèrent prendre leurs désirs pour la réalité plutôt que la réalité pour leurs désirs?

Et ce faisant, il se sentit pleinement intégré à cette époque, quoique toujours tenant de ce savoir issu du siècle de l'atome, de l'électronique et des gratte-ciel.

Il marchait donc lentement, descendant tantôt Saint-Denis, bifurquant à Maisonneuve (ou plutôt Mignonne), faisant le tour de l'église Saint-Jacques, puis remontant Saint-Denis entre l'église et le carré du même nom; ou bien il empruntait Ontario, puis reprenait sa route par Sherbrooke, passant devant le couvent des Soeurs du Bon Pasteur avant que de remonter Saint-Denis à nouveau en longeant l'Évêché... Et, au plus fort de son angoisse, craignant alors la nuit, la pluie et le tonnerre, comme l'homme primitif, se demandant de plus comment il survivrait dans ce monde inconnu où il n'avait ni port d'attache ni vraiment sa place, il eut l'idée d'aller chez son mémorable ancêtre demander asile et protection... et surtout amitié. En 1878, Lucien Guindon — et qui mieux que Luc pouvait le savoir? — habitait la rue Saint-Dominique, tout juste au nord de Courville, c'est-à-dire aujourd'hui Prince-Arthur.

Luc se lança donc en direction de cette maison devant laquelle il était passé des centaines de fois sans jamais y entrer. Et, pour ce faire, il avait d'abord bifurqué à Albina, longeant ainsi le vieux réservoir de la Côte à Barron, aussi appelé le réservoir Saint-Jean-Baptiste, cet espace de verdure et d'eau qui allait devenir public dès l'année suivante et être nommé carré Saint-Louis deux ans plus tard... Et tout en longeant ce vieux réservoir, entre quelques lampadaires anémiques et le carré impressionnant de gros arbres bordant le bassin et sa fontaine, toujours écrasé par l'orage, le lever du jour derrière les épais nuages effaçant lentement son ombre, il se prit à penser qu'il lui faudrait convaincre son grand-père de ce que le temps les séparant venait de s'écrouler. Que lui, Luc, le fils d'un fils encore à naître quelque quinze ans plus tard, et qui s'appellerait Armand, venait là, à la barre du jour, lui demander de souscrire à l'impensable. Mais qui, mieux que ce grand esprit à l'aube d'une formidable carrière de visionnaire, pouvait accueillir ce témoin de l'avenir sans le rejeter dans le monde de la folie et de l'impossible? Qui plus est, c'était peut-être cela, l'arrivée de Luc, ce «lourd secret» qui avait donné — ou qui allait donner — l'impulsion définitive à la carrière de Lucien Guindon.

Et tandis qu'on entendait la pluie glisser sur les feuilles et vibrer comme autant de notes à la surface de l'eau, Luc pensait à toute la matière, à toutes les informations qu'il allait livrer à Lucien Guindon, au rôle qu'il allait jouer dans l'élaboration de cette œuvre majeure. Peut-être même allait-il pouvoir lancer au monde un immense cri d'alarme, protégeant ainsi les uns contre la force irrésistible des éléments et les autres contre les fléaux inventés et propagés par l'homme! Peut-être saurait-il protéger l'humanité contre elle-même!...

Luc traversa alors la rue Laval et s'engagea entre les magnifiques propriétés de Joseph Comte et de Patrick Lawler, c'est-à-dire dans la petite rue Courville. Et, bien loin d'y trouver les nombreuses boutiques, les multiples restaurants et les murales de son temps, Luc y découvrit dans le noir les chaleureuses propriétés de la petite bourgeoisie besogneuse et affairée de ce temps. Il traversa ainsi les rues Cadieux et Saint-Hippolyte avant que de remonter Saint-Dominique jusqu'à l'ancienne maison de chambres de Lucien Guindon.

Au moment où il arrivait à quelques pas de la maison, l'éclairage intérieur fit surgir l'ombre chinoise d'une grosse femme dans la large porte d'entrée; un peu derrière elle, aussi, un homme à barbe semblait regarder par-dessus son épaule. À n'en pas douter, les deux observaient Luc qui s'approchait sous la pluie, le pressant, par de grands gestes, de rentrer au plus vite. Ce que fit Luc sans même hésiter.

Sur le palier, il reconnut le libraire roux qui, tout alarmé, lui reprocha de courir à la pneumonie et au suicide en traînant ainsi dans la tempête.

— Pensez donc, j'ai quitté la librairie quelque deux bonnes heures après votre départ et je vous précède encore de deux heures à votre appartement! Madame Brisebois, votre logeuse, et moi nous étions très inquiets...

— Mon appartement, coupa Luc!...

Alors ce fut la logeuse qui porta le coup fatal.

— Voyons, monsieur Lucien, vous ne vous sentez pas bien? Venez donc vous sécher un peu...

Et tandis que la grosse femme et le libraire partageaient leur inquiétude devant le jeune homme fiévreux, Luc... ou plutôt Lucien, pensa qu'il n'aurait que lui-même à conseiller sur son œuvre et que tout cela serait bien vain puisqu'il connais-

sait déjà son avenir: «l'odieux du ridicule et les risées générales», l'oubli, puis la reconnaissance...
   Tardive, la reconnaissance...

Châteauguay, mars-mai 1978

André Carpentier, *Rue Saint-Denis*, Montréal, Hurtubise
HMH, 1978, p. 123-144.

ROCH CARRIER

Roch Carrier naît à Sainte-Justine, comté de Dorchester, en 1937. Il fait ses études au Collège Saint-Louis d'Edmunston, à l'Université de Montréal et à la Sorbonne où il obtient un doctorat. Il est tour à tour journaliste, dramaturge, professeur (au Collège militaire royal Saint-Jean, à l'Université de Montréal) avant de se consacrer entièrement à l'écriture. Il publie des recueils de poèmes, de contes et nouvelles, de nombreux romans, dont la plupart sont traduits en anglais et plusieurs sont adaptés pour la scène. Son premier recueil de contes, Jolis Deuils. Petites tragédies pour adultes, remporte le Prix de la province de Québec; son recueil les Enfants du bonhomme dans la lune, le Grand Prix littéraire de la ville de Montréal.

Jolis deuils. Petites tragédies pour adultes *(contes)*, Montréal, *Éditions du Jour*, 1964.

La Guerre, yes sir! *(roman)*, Montréal, *Éditions du Jour*, 1968.

Floralie, où es-tu? *(roman)*, Montréal, *Éditions du Jour*, 1969.

Il est par là, le soleil... *(roman)*, Montréal, *Éditions du Jour*, 1970.

Le Deux-Millième étage *(roman)*, Montréal, *Éditions du Jour*, 1973.

Le Jardin des délices *(roman)*, Montréal, *La Presse*, 1975.

Il n'y a pas de pays sans grand-père *(roman)*, Montréal, *Stanké*, 1977.

Les Enfants du bonhomme dans la lune *(contes)*, Montréal, *Stanké*, 1979.

Les Fleurs vivent-elles ailleurs que sur la terre? *(roman)*, Montréal, *Stanké*, 1980.

Les Voyageurs de l'arc-en-ciel, *Montréal, Stanké, 1980.*

La Dame qui avait des chaînes aux chevilles *(roman),* *Montréal, Stanké, 1981.*

De l'amour dans la ferraille *(roman), Montréal, Stanké, 1984.*

Ne faites pas mal à l'avenir *(contes), Montréal, Éditions Paulines, 1984.*

Le Chandail de hockey *(contes), Montréal, Livres Toundra, 1984.*

La Fleur et autres personnages *(contes), Montréal, Éditions Paulines, 1985.*

L'Ours et le Kangourou, *Montréal, Stanké, 1986.*

L'Oiseau

Ce jour-là, une hirondelle venait faire le printemps. Elle volait d'une aile allègre, l'âme pleine de son prochain chef-d'œuvre. Inopinément, elle heurta de la tête un mur de vents, et tomba au milieu de la place publique d'une ville.

Le lendemain, il fit un froid extraordinaire. Les moteurs des voitures refusaient de tourner. La glace avait recouvert le fleuve. Les rues étaient désertes. Les personnes qui avaient osé sortir avaient été forcées de rentrer, poursuivies à coups de poignard par le froid.

Les journaux portaient en manchette des titres lyriques sur sa férocité. Éparpillés aux quatre coins de la ville, ils ne se vendirent pas.

La radio annonça qu'un tel froid n'avait pas été enregistré dans les archives météorologiques. Elle recommanda la prudence.

Les autobus restèrent au garage et les trains à la gare, bêtes de fer serrées les unes contre les autres, transies. Les feux automatiques aux carrefours déserts bloquèrent au rouge.

La radio recommanda la plus attentive prudence.

Dans les maisons, l'on prenait le petit déjeuner avec une joie extrême d'écoliers en congé-surprise. Tout à coup l'on entendit un petit bruit sec comme du cristal qui chante: une fine pellicule de glace avait recouvert le café. Le pain dans les assiettes avait durci.

La radio annonça que des dizaines de vagabonds avaient été trouvés, sur les bouches d'air du métro, gelés.

Les lampes électriques s'éteignirent. Les visages, les murs, les objets s'imprégnèrent de la couleur sombre du ciel.

La radio annonça qu'avait péri une troupe de soldats à qui on avait ordonné de défiler par la ville.

Les gens s'étaient enroulés dans des gilets, des manteaux, des couvertures. Les maisons crépitaient. Les vitres éclataient.

La radio qui diffusait de la musique douce fut soudain muette.

La flamme cessa peu à peu de danser dans les cheminées. Elle s'arrêta tout à fait, figée dans cet aspect blême de la cire fondue. L'on put toucher à la flamme. Cela faisait un bruit de papier froissé. Les enfants en arrachèrent des morceaux et les portèrent à leur bouche. Elle goûtait le thé refroidi.

Quelques-uns avaient encore le désir de parler. Mais ils ne s'entendaient plus. Le son restait collé à leurs lèvres. Leurs bouches étaient devenues des anneaux rigides.

Ceux qui n'avaient pas les paupières scellées constatèrent un phénomène étrange: dans les murs, il n'y avait plus ni plâtre, ni pierres, ni briques, ni bois; tout était de glace. Ceux qui pouvaient encore bouger touchèrent. Elle dégageait une chaleur semblable à celle d'un corps de femme. Ils se traînèrent contre les murs diaphanes.

Leur chair devint transparente. Leurs cœurs apparurent comme des poissons rouges immobiles. Peu après, les corps s'émiettèrent avec un bruit de verre.

Puis il ne se passa plus rien. Seule une petite fleur rouge palpitait au milieu de la place publique.

Roch Carrier, *Jolis deuils* (contes), Montréal, Stanké, 1982, (Coll. Québec 10/10), p. 9-13.

La Robe

Les seules belles histoires d'amour sont les vraies et les histoires vraies sont banales. J'ai refusé toujours de parler de ce sentiment sans surprise. Sans doute n'aurais-je jamais abordé ce sujet si je n'avais été témoin d'un fait exceptionnel.

Une vitrine de magasin présentait une robe de mariée. La porter aurait honoré la plus authentique princesse et fait une fée de la plus balourde bonniche. Le couturier avait réussi l'exploit d'appliquer au tissu l'air de bonheur qui resplendit au visage des jeunes mariées.

Les promeneurs s'arrêtaient devant cette vitrine comme devant les autres, mais lorsqu'elles poursuivaient leur route, les jeunes filles étaient revêtues d'une nouvelle beauté et les vieilles dames d'une jeunesse inconnue.

Une jeune fille semblait vouer un culte particulier à la robe. L'aurais-je remarquée si je ne l'avais vue le front collé contre la vitre convoiter la robe durant au moins quinze minutes et, sentant mon regard sur elle, s'enfuir vivement?

Assis sur un banc, je lisais très distraitement mon journal. J'essayais d'imaginer la biographie de cette jeune fille. Était-elle une future mariée? Ou bien, dépitée par un fiancé volage? Il était vain d'énumérer ces conjectures. La vie de la jeune fille ne me regardait pas ni ses sentiments.

Perdant mon temps un autre soir, à la façon de tous les gens heureux, je vis la jeune fille surgir du cercle lumineux d'un lampadaire. Elle se faufila dans l'ombre jusqu'à la vitrine, se serra contre la vitre, regarda d'un côté puis de l'autre pour s'assurer qu'elle n'était pas vue. Puis elle passa à travers la vitre comme l'on plonge dans une eau claire. Avec une rapidité qui n'était pas terrestre, elle pulvérisa le mannequin de carton, enfila la robe. Tout redevint immobile.

Après ce prodige, je ne pouvais plus passer devant cette vitrine sans me demander si la robe était portée par la jeune fille ou par le mannequin. Le problème m'amusait, certes, mais mon égoïsme me poussa à ne pas me préoccuper de cette affaire. Ce fut encore contre ma volonté que je fus amené à multiplier les hypothèses...

Je retournais chez moi après une rabelaisienne soirée. Poussé par quelque force, je levai les yeux vers le ciel de la ville aussi gai que l'avait été notre soirée. Ce geste aurait été sans conséquence si je n'avais aperçu un petit nuage blanc descendre vers la terre. Peur? Curiosité? Je reculai sous une porte cochère. Et je vis se poser la jeune fille épanouie dans sa robe de mariée, fleur étrange. Elle courut vers la vitrine, franchit prestement la paroi de verre et s'immobilisa à la place habituelle de la robe.

Il m'apparut clairement que la jeune fille était consumée d'un grand amour impossible. Cette interprétation des faits me parut rationnelle.

Le lendemain, j'allai selon une chère habitude boire mon café matinal au bistrot. J'aime le café quand à son arôme se mêle le parfum gris des potins du quartier. Albert, le garçon, monopolise les plus récents.

— La chose la plus incroyable est arrivée cette nuit, me dit-il. Auriez-vous pu imaginer qu'on ait trouvé dans une vitrine une robe de mariée, jamais vendue, jamais portée, trouée à la hauteur du cœur et tachée de sang?

Cela, non, je n'aurais jamais pu l'imaginer.

Roch Carrier, *Jolis deuils* (contes), Montréal, Stanké, 1982, (Coll. Québec 10/10), p. 147-151.

Aude (pseudonyme de Claudette Charbonneau Tissot)

Claudette Charbonneau Tissot naît à Montréal en 1947. Elle obtient une maîtrise en littérature française, en 1974, et un doctorat, en 1985, à l'Université Laval. Elle travaille au département psychiatrique d'un hôpital de Montréal, fait de l'enseignement et se consacre à l'écriture d'ouvrages de fiction. Depuis 1985, elle signe ses livres sous le nom d'Aude. En 1987, elle se joint au comité de rédaction de XYZ. La revue de la nouvelle.

Contes pour hydrocéphales adultes, *Montréal, le Cercle du livre de France, 1974.*
La Contrainte *(nouvelles), Montréal, le Cercle du livre de France, 1976.*
La Chaise au fond de l'oeil *(roman), Montréal, Pierre Tisseyre, 1979.*
Les Petites Boîtes 1. L'oiseau-mouche et l'araigné *(conte pour enfants), Montréal, Éditions Paulines et Éditions Arnaud, 1983.*
Les Petites Boîtes 2. La boule de neige *(conte pour enfants), Montréal, Éditions Paulines et Éditions Arnaud, 1983.*
L'Assembleur *(roman), Montréal, Pierre Tisseyre, 1985.*
Banc de brume ou les Aventures de la petite fille que l'on croyait partie avec l'eau du bain *(nouvelles), Montréal, les Éditions du Roseau, 1987.*

Mutation

Ce matin à l'aube, on m'a éveillée et informée de ma mutation de cellule. On m'a fait revêtir une longue robe de toile blanche, on m'a rasé la tête, les bras, le pubis et les jambes, arraché les sourcils et les cils puis appliqué une crème nauséabonde que l'on a ensuite enlevée de ma peau au couteau. On a jeté mes cheveux et tout ce qui m'appartenait dans un vase de fonte et on y a mis le feu. Depuis six mois que je suis ici, chaque fois que l'on a fait ce cérémonial, jamais nous n'avons revu ou entendu parler de celles qui avaient servi de victimes. Ce matin, c'était mon tour. Dans les autres cellules, toutes étaient debout, muettes, à me regarder de leurs yeux de bêtes effrayées autant que soulagées parce que, cette fois encore, ce n'était pas leur tour. Je savais, pour avoir maintes fois regardé ce spectacle comme elles, qu'il était inutile de tenter quoi que ce soit pour résister. Pourtant, depuis plusieurs mois, j'avais mis au point un long procès de ce qui se passait ici, procès que je m'étais juré de dire, à haute voix, calmement, sans la moindre défaillance et sans le moindre signe de crainte, ce jour où l'on viendrait me chercher. Et pourtant, ce matin-là, je ne dis pas un mot. Ce n'était pas la peur. C'était plutôt une sorte de désespoir ultime qui non seulement m'a vidée de toute agressivité mais qui m'a fait jusqu'à désirer l'aboutissement le plus rapide possible de tout ce cérémonial et l'ouverture sur cet inconnu qui ne pouvait s'identifier pour moi à autre chose qu'à la mort. Or, ce n'est qu'après être sortie de ma cellule, qu'après avoir franchi les corridors blancs qui m'étaient familiers pour ensuite descendre un escalier plus blanc encore et entrer dans une série nouvelle de corridors inconnus et aveuglants, ce n'est que là que je me suis vraiment rendu compte que ce n'était pas vers la mort, vers la fin, vers la délivrance que j'allais mais vers le début de quelque chose d'informe. On me fit marcher très longtemps dans ces corridors étranges et je finis par constater que c'était le même trajet que l'on me faisait refaire depuis le début: je parcourais une certaine distance puis je tournais à gauche, puis une autre distance et encore à gauche et ainsi de suite, ce qui revenait à tourner en rond. Depuis que j'étais entrée dans la série des corridors aveuglants, mes acolytes avaient disparu. J'avais mal aux yeux et la peur me gagnait rapidement. Je décidai de reprendre le parcours, mais en sens inverse, pour retrouver l'entrée. Je fis plusieurs fois le trajet mais en vain. Je m'imaginai alors que le chemin que j'avais parcouru était une spirale et que, pour retrouver l'entrée, il fallait faire autant de tours, mais en sens inverse, que j'en avais fait pour arriver à ce point où j'avais décidé de rebrousser chemin. Je me mis donc à marcher et essayai de calculer le nombre de tours complets que je faisais mais bientôt, je perdis toute notion d'espace et de temps à un point tel que je ne pouvais même plus me convaincre que cela ne faisait pas des années, voire même des siècles que je marchais ainsi tout au long de ces murs éblouissants. J'essayai de retrouver quelques bribes de mon passé mais cette lumière qui suintait de partout anesthésiait ma pensée. J'avais l'impression de marcher dans ces corridors depuis toujours. Tout à coup, je butai contre un mur. D'après l'automatisme qui s'était déjà fortement installé en moi, le virage à droite ne devait se faire que beaucoup plus loin. Je frappai à poings fermés sur le mur pour qu'il s'ouvre. Cette fêlure dans l'automatisme me bouleversa totalement. Je perdis la raison durant quelques secondes et me mis à hurler. Mais bientôt, je vis qu'il y avait une ouverture vers la droite et je m'y engageai. Le corridor était beaucoup moins long et je voyais déjà l'éclat lumineux du mur du fond. J'arrivai au bout et ce fut vers la gauche que je dus tourner puis, un peu plus loin, vers la gauche encore et ainsi de suite quatre fois, de telle sorte que je tournais une fois de plus en rond mais vers la gauche et dans un carré beaucoup moins grand. Tout en marchant, j'eus une impression de trouble qui semblait venir de l'instant où j'avais frappé sur le mur de l'autre couloir. J'essayai de trouver en quoi elle consistait et c'est à ce moment que je constatai que je ne voyais ni mes mains ni ma robe ni mes pieds. Je cherchai des explications à tous ces phénomènes étranges et j'en vins jusqu'à croire que j'étais peut-être morte. J'essayai de me souvenir de l'instant où j'étais morte. Avais-je été malade? Le cérémonial de la longue robe de toile blanche ne coïncidait-il pas avec le passage de la vie à la mort? Or, comment se faisait-il que, jusqu'à ce que j'aie été enfermée dans une cellule, comment se faisait-il qu'alors, ceux que j'avais vus mourir étaient morts tout simplement, dans leur lit, sur la route, dans le fleuve ou ailleurs mais toujours sans le cérémonial de la tête rasée, et comment se pouvait-il qu'ici, la mort ait pris cette forme visible et concrète pour ceux qu'elle ne touchait pas encore? Serait-ce donc que ma mort remonterait à il y a plus de six mois et que cet internement et cette attente du cérémonial n'eût été qu'une initiation par l'oeil au cérémonial! Progressivement, comme elle l'avait été dans le premier parcours, ma marche était devenue un mécanisme indéréglable auquel je ne prêtais plus aucune attention. Mais pour la seconde fois, entamant un virage vers la gauche, je butai contre un mur. Automatiquement, je me mis à frapper sur le mur mais bientôt, je me ressaisis et me retournai, résignée à prendre la nouvelle direction qui s'offrirait. Mais sitôt retournée, je fus de nouveau face à un mur, puis, à un autre en me retournant encore, puis à un autre. J'étais enfermée dans une petite cage de murs blancs. J'essayai de pousser sur chacun d'eux en frappant de toutes mes forces jusqu'à ce qu'il y eut une vive douleur dans mes jointures. Instinctivement, mes yeux les regardèrent mais je ne vis rien. Je m'aperçus alors que la lumière si intensément blanche des corridors n'avait pas de source précise mais émanait systématiquement des murs, des planchers et des plafonds. Je compris en même temps la cause de la blancheur qui rendait invisibles mes mains: cette lumière s'imbibait dans les choses comme dans un buvard. Si on m'avait rasé la tête, arraché les sourcils et les cils, c'était peut-être que la propriété de cette étrange lumière ne s'appliquait pas au système pileux. Je n'avais, pour vérifier cette hypothèse, aucun moyen puisque l'application de la crème nauséabonde avait fait disparaître jusqu'au duvet sur mon corps. Mais ce raisonnement me donna la certitude que je n'étais ni morte ni la proie d'un cauchemar. Je ne pouvais élucider la situation dans laquelle j'étais mais j'avais la très nette impression d'avoir rejoint le rang des souris de laboratoire. Tout ce qui s'était passé depuis le début était beaucoup trop calculé pour ne pas être un artifice machiavélique. À partir de cet instant, je pris la décision d'opposer à tout ce qui pouvait arriver un esprit froid. Je fermai les yeux et tentai de reprendre possession de moi. Je palpai tout mon corps pour en reconstruire mentalement l'image. Peu à peu, je sentis le calme me revenir mais lorsque je rouvris les yeux, tout s'écroula en moi à nouveau: le mur en face de moi s'était ouvert. Je me crus d'abord dans un nouveau corridor mais en me retournant je vis que les trois autres murs étaient encore là. Je décidai d'avancer et je me trouvai bientôt dans une salle tout aussi blanche que les couloirs mais où il y avait, un peu partout, par couple, de toutes petites taches sombres. Sitôt immobilisée, je fus prise d'horreur: toutes ces petites taches, c'était des yeux, fixés sur moi, des yeux mobiles qui se déplaçaient en même temps qu'une forme très vague, blanche, mais d'un blanc un peu moins brillant que les murs. Je me retournai et me mis à courir vers l'ouverture par laquelle j'étais entrée. Sitôt rendue, je me mis à frapper le mur du fond pour échapper à l'horrible vision. Lorsque je me retournai, le quatrième mur s'était refermé et j'étais à nouveau dans ma petite cage de murs blancs. Je me laissai glisser le long du mur du fond et m'accroupis, la main sur le sein gauche pour retenir mon coeur qui semblait prêt à sortir de sa cage à chaque pompage. Je restai ainsi très longtemps. Lorsque je me relevai, mes genoux fléchissaient et me faisaient mal. J'essayai de faire quelques pas mais j'étais trop à l'étroit. Je restai donc debout. Au bout d'un certain temps, je commençai à avoir très chaud et à manquer d'oxygène. J'essayai à nouveau de pousser sur les murs puis la panique s'empara de moi et je me mis à me débattre jusqu'à ce que je tombe dans la salle, le mur s'étant ouvert à mon insu. Les yeux avancèrent alors et formèrent autour de moi une figure concentrique dont je semblais être le centre vers lequel ils s'approchèrent peu à peu jusqu'à ce que je sente quelque chose toucher mon ventre, puis mes jambes, ma bouche, mes seins, partout sur mon corps, des mains probablement, auxquelles je ne pouvais échapper, butant sur mille obstacles invisibles qui occupaient les vides que je voyais autour des yeux qui se déplaçaient au-dessus de moi. J'entendais une multitude de respirations haletantes et oppressées, comme si tous ces yeux avaient formé un essaim d'abeilles bourdonnantes autour de mon visage. Je perdis beaucoup de force à lutter dans ce blanc qui, mis à part ces yeux que je voyais, correspondait à l'obscurité totale. Je renonçai à toute cette lutte absurde et me laissai glisser entre les nombreux tentacules que je réussissais mal à associer aux membres de plusieurs corps humains et que je percevais — au contraire — comme les appendices d'un seul et même corps monstrueux. Cela me sembla durer une éternité puis peu à peu, le nombre des yeux diminua autour de moi et je fus progressivement libérée. Je me retrouvai enfin seule dans cette salle où je demeurai étendue jusqu'à l'engourdissement total de tous mes membres. Beaucoup plus tard, j'entendis un bruit et je vis s'avancer vers moi deux yeux enfermés dans des cerceaux que je pris d'abord pour des reliquaires mais que bientôt je reconnus comme étant une sorte de lunettes que l'on met lors d'une éclipse. Lorsque les yeux furent à proximité de moi, je sentis une main se poser sur la mienne, très précisément, sans tâtonnement, ce que me fit conclure que l'homme qui était là me voyait très nettement, à cause des lunettes probablement. Il mit ses mains sur mes jambes et je crus tout à coup que tout allait recommencer mais bientôt je compris qu'il massait mes pieds et mes chevilles. Il s'adressa à moi dans un langage bizarre que je ne compris pas. Il parlait de mon agonie qui avait été longue et de laquelle il avait eu beaucoup de difficulté à me tirer, les gens de l'autre monde me retenant par des tubes dans le nez, la bouche, les veines, l'urètre. Il m'appelait son enfant et me parlait de la douceur du monde dans lequel j'avais enfin réussi à entrer. Il massa ma nuque et je commençai à me sentir un peu mieux. Il me fit d'abord asseoir puis lever tout à fait. Tous ses gestes étaient précis contrairement aux miens que je faisais avec une impression de malaise qui ressemblait au vertige. L'homme aux yeux encerclés recommença à parler et m'avisa qu'il me conduisait maintenant à la salle à manger où déjà se trouvaient mes compagnons et mes compagnes. Appuyée sur son bras, je marchais comme si j'étais ivre, en levant le pied beaucoup trop haut à chaque pas. Nous avons marché long-temps sans que j'eusse l'impression de me déplacer considérablement et pourtant, nous nous sommes retrouvés à la fin, dans une salle pleine de tinte-ments de cuillères et d'assiettes qui cessèrent sitôt que celui qui m'accompagnait eut salué. Les yeux, qui devaient être penchés sur les assiettes lors de notre arrivée et qui, par conséquent, nous étaient presque totalement invisibles, se tournèrent vers nous puis s'élevèrent dans un bruit de chaises re-muées. Celui qui m'accompagnait me conduisit près de quelqu'un dont je ne voyais que les yeux et à qui on me confia pour qu'il m'initie à ma nou-velle forme de vie. Sitôt après, il dut se retourner car ses yeux encerclés disparurent. Celui à qui on venait de me confier m'invita à m'asseoir comme le reste de l'assemblée venait probablement de le faire puisqu'il y avait eu des bruits de chaises, que les yeux étaient redescendus et que le tintement des ustensiles avait repris. Je restai pourtant immobile parce que, à part les yeux que je voyais, à demi maintenant qu'ils devaient être à nouveau penchés sur les assiettes, je ne voyais strictement rien, ni chaises, ni tables, ni assiettes, ni compagnons ni compagnes. La salle était blanche et seules les petites paires de taches en altéraient la nudité. Je sentis la main de mon acolyte se poser sur mon bras, un peu maladroitement d'abord, ce qui me fit constater que ni lui ni les autres ne portaient de lunettes écliptiques. Il mit ma main sur le dossier d'une chaise dont il me fit faire le tour en me suggérant de toujours garder la main sur le dossier, de telle sorte que, jusqu'à ce que je sois assise, je ne m'y blesse ni ne la renverse. Lorsque je fus assise, il chercha à nouveau mes mains et me fit toucher la table devant moi, puis mon assiette qui était creuse, mes ustensiles et tout ce qu'il y avait à proximité. Sa main quitta la mienne et j'entendis de son côté une cuillère tinter contre une assiette. J'avançai à nouveau les mains puis touchai l'assiette sur le bord intérieur de laquelle j'avançai lentement les doigts jusqu'à ce qu'ils touchent un liquide chaud. Je cherchai ma cuillère de la main droite, la gauche ne quittant pas l'assiette. Lorsque j'en eus saisi le manche, je dirigeai ma main droite vers la gauche et, dès qu'elles se touchèrent, je fis glisser la cuillère le long de l'assiette. De mon index gauche, je vérifiai le contenu de ma cuillère et l'élevai jusqu'à ma bouche sur la lèvre inférieure de laquelle la cuillère arriva trop brusquement et perdit son contenu dont je sentis la moiteur sur ma cuisse à travers la toile blanche. Je léchai les quelques gouttes qui restaient sur mes lèvres. J'avançai les deux mains vers la table, déposai la cuillère et cherchai le rebord de l'assiette que je pris entre mes mains et soulevai jusqu'à ma bouche. Lorsque j'eus fini, je m'apprêtai à la remettre sur la table mais pendant ce trajet, je sentis l'assiette s'alléger tout à coup puis opposer une force à la mienne. Je tentai de résister à cette force mais soudain, elle cessa d'elle-même et l'assiette glissa de mes mains vers moi. Un bruit de vaisselle cassée suivit aussitôt. Ce n'est qu'alors que je sentis très nettement une présence derrière moi. Je me retournai mais ne vis que deux yeux affublés cette fois de lunettes écliptiques. Je crus d'abord qu'il s'agissait de celui qui m'avait amenée jusqu'à cette salle mais mon voisin m'informa qu'il s'agissait d'un des membres permanents chargés du service de table. Je me rendis compte que plusieurs yeux à lunettes circulaient autour des autres yeux. Bientôt je sentis quelque chose frôler mon épaule et j'entendis devant moi remuer la vaisselle. Mon voisin me dit que j'étais servie et que je pouvais commencer. Je touchai la table et mes doigts rencontrèrent une assiette plate dont je vérifiai le contenu. C'était une salade avec fruits, fromage et noix. Je mangeai du mieux que je pus, tantôt avec les doigts, tantôt avec la fourchette que je finis par laisser tomber par terre alors que je voulais la poser sur la table. Toutes ces opérations du repas me demandèrent une telle attention qu'au dessert, épuisée, j'éclatai en sanglots. Mon compagnon me conduisit jusqu'à la salle du sommeil où il me fit toucher le lit qui allait être le mien. Il m'y fit étendre et resta près de moi. Il mit sa main sur mon front et massa mes tempes.

«Ta peau est très douce. Quel âge avais-tu donc?»

La question me glaça et je restai figée dans le mutisme. Tout cet univers me semblait démentiel et pourtant, il était si bien organisé que je persistais à croire qu'il était un montage de toutes pièces. Je me méfiais; mais la voix de mon voisin était si calme et si posée que malgré tout je finis par m'endormir. Mon sommeil fut cependant peuplé de cauchemars. La lumière blanche, qui devait, même pendant mon sommeil, passer au travers de la mince couche de mes paupières, me poursuivait et ne me laissait aucun repos. Je m'éveillai plus exaspérée encore. Celui qui me veillait me fit lever et me conduisit, à travers de longs corridors blancs, jusqu'à cette nouvelle salle qui sentait l'eau et le chlore. Il me fit retirer ma robe de toile et, me prenant par la main, il me fit marcher lentement jusqu'à ce que tout à coup, sans aucun changement de température, je sente un changement de consistance sur mes pieds qui avaient rejoint l'eau. Mon compagnon laissa ma main et ses yeux disparurent. Peu à peu, le liquide se mit à monter, atteignant bientôt mes chevilles, mes mollets, mes genoux. Je commençai à trembler sans avoir froid. L'eau continuait à monter. Je me retournai vers l'endroit sec d'où j'étais venue et je me mis laborieusement à courir mais en vain puisque je restai sur place. Je cessai donc de courir et l'eau se remit à monter; mais en même temps que reprit cette montée, je me sentis comme en mouvement. C'est alors que je réalisai que ce n'était pas l'eau qui montait mais moi qui avançais progressivement, mue par quelque chose qui devait ressembler à un gigantesque tapis roulant. La traction de ce tapis s'effectuant dans le sens inverse de ma course, cette dernière se trouvait donc annulée. Cependant, ma course avait le même effet sur la traction du tapis, ce qui voulait dire que lorsque je courais, l'eau était stationnaire. Je commençai donc à courir pour me maintenir en place et empêcher l'eau de dépasser mes épaules qui étaient déjà presque recouvertes. Je maintins le rythme nécessaire un bon moment mais soudain, l'eau se remit à monter. Je crus que je perdais des forces et que la vitesse de ma course diminuait mais bientôt je compris que c'était la vitesse du tapis qui augmentait au point qu'en quelques secondes, mes pieds ne touchèrent plus le fond. Je me suis mise sur le dos et me suis laissée flotter. Ma course m'avait exténuée et j'étais trop paniquée pour nager. Je fermai les yeux et essayai de retrouver mon calme. L'eau, du fait qu'elle était invisible, avait pris un aspect étrange et hostile. Ma respiration ne parvenait pas à reprendre son rythme normal et je finis par manquer d'air. Je me remis en position verticale, espérant que mes pieds toucheraient à nouveau ce fond mobile qui peut-être me ramènerait au sec. Mais ils ne rencontrèrent aucun obstacle et je m'enfonçai en avalant de l'eau. L'épouvante s'empara de moi et je me débattis jusqu'à l'épuisement. Je ne perdis pas conscience et pourtant, je ne perçus point, peut-être à cause de leur température égale, la transition de l'eau à l'air. Certes je vis des yeux enchâssés m'entourer, je sentis des mains m'agripper et me tirer par les bras, le menton, mais lorsque je me suis retrouvée étendue sur le dos avec leurs yeux auréolés au-dessus de moi, je croyais être encore au fond de l'eau et je respirais comme on avale. On m'assécha, on me remit ma robe de toile puis on me conduisit dans une autre salle où semblaient être déjà assemblés un grand nombre d'yeux. J'entendis alors la voix de celui à qui on m'avait confiée dans la salle à manger. Il m'apprit que c'était maintenant la séance des mots. Je lui demandai pourquoi il m'avait abandonnée dans l'autre salle. Il ne sembla pas entendre ma question. Il prit ma main et me fit toucher une chaise sur laquelle il m'invita à m'asseoir. Il ne semblait pas y avoir de table. Mon acolyte s'assit devant moi et je constatai que tous les yeux étaient placés sur une ellipse, une paire d'yeux faisant face à une autre. Je lui demandai pourquoi il m'avait laissée seule alors que j'avais besoin de lui. Mes paroles résonnèrent longtemps dans la pièce puis un silence de mort y fit suite. Tous les yeux étaient immobiles. Je restai un bon moment sans bouger puis je lançai à mi-voix quelques appels à l'intention de mon partenaire. Il y eut de l'écho. Je me levai et me dirigeai en ligne droite vers les yeux qui me faisaient face. Je levai ma main vers l'endroit qui, selon la position des yeux, devait être occupé par l'épaule droite mais je ne rencontrai que du vide. Je déplaçai ma main dans un sens puis dans l'autre mais je ne touchai aucun obstacle. Pourtant, les yeux étaient encore là. J'avançai lentement les doigts vers eux et les touchai. Ils étaient faits d'une matière dure et froide qui devait être du verre, sur la partie supérieure de laquelle était un petit anneau dans lequel était glissé un fil orienté vers le haut. J'arrachai les yeux et les jetai. Je me dirigeai vers les autres yeux et fis de même avec plus d'une dizaine, jusqu'à ce que mes doigts entrent en contact avec des yeux encastrés dans les chatons osseux d'un visage de chair. Je reculai et vis soudain que les yeux que j'avais arrachés avaient été remplacés par d'autres yeux, mobiles cette fois. La panique s'empara de moi et je me mis à reculer rapidement jusqu'à ce que je bute contre une chaise sur laquelle des yeux à cerceaux m'invitèrent à m'asseoir pour la séance des mots. Il y avait des yeux en face de moi et je ne pus reconnaître mon acolyte que lorsqu'il parla et me dit qu'il y aurait bientôt un signal après lequel je pourrais dire «tout ce qu'il y avait, a et aura à dire». Je lui demandai où il était allé quelques secondes plus tôt. À mi-voix, il me dit d'attendre le signal. Je voulus rétorquer quelque chose mais on me bâillonna par derrière. On ne me libéra que lorsqu'il y eut un bruit de gong, qui devait être le signal attendu puisque aussitôt des voix fusèrent de toutes parts libérant des flots de paroles désordonnées, traitant de tous les sujets à la fois et ne s'adressant à personne en particulier puisque tous semblaient parler sans exception. Mon compagnon s'était lui aussi mis à parler et je tentai de saisir ses paroles mais je ne perçus qu'une sorte de longue phrase informelle que tissaient des voix hétéroclites où je reconnaissais celle de mon gardien mais où aussi, au bout d'un certain temps, je finis par percevoir la mienne sans avoir prémédité de parler et sans même pouvoir contrôler le sens de mes paroles. Je m'aperçus bientôt que c'était mon procès que je revivais mais de l'intérieur cette fois, c'est-à-dire en le vivant comme il aurait été vécu si j'avais alors dit tout ce que je pensais et que je n'avais point dit par crainte d'indisposer le jury qui, avant même que le procès ne fût entamé, devait déjà m'avoir condamnée par simple répugnance. Mais tout ce que je pus dire ne modifia en rien la sentence suivant laquelle je fus condamnée à vivre à perpétuité dans cette cellule à barreaux d'où je n'étais sortie que pour entrer dans cette nouvelle pérennité d'où cette fois je ne pourrai vraisemblablement pas sortir si cet univers laiteux dans lequel je baigne n'est pas comme je l'avais d'abord cru, le produit artificiel d'une technologie mais un véritable monde second dans lequel on n'entrerait qu'en passant par la mort et qu'il serait impossible de concevoir ou d'imaginer avant d'y être plongé. Il y eut un autre bruit de gong et ce fut le silence total. La dernière phrase à se faire entendre était quelque chose comme: «avoir été Judas, j'aurais demandé davantage». Elle résonna quelques secondes puis il n'y eut plus rien, pas même un bruit de chaise. Presque aussitôt après, tous les yeux disparurent. Je me levai rapidement et avançai droit devant moi pour tenter de rattraper mon partenaire que je croyais une fois de plus disparu. Mais je butai contre lui qui aussitôt ouvrit les yeux et me demanda à mi-voix ce qui se passait. Je lui dis que j'avais cru à une nouvelle désertion de sa part. Il m'invita à retourner à ma chaise et à fermer les yeux parce que, disait-il, il fallait laisser aux mots le temps de réintégrer leurs cellules afin qu'ils ne m'assaillent pas le reste du jour. Il referma les yeux et je lui tournai carrément le dos pour ne pas perdre, dans ce blanc maintenant total, mon orientation et plus précisément la direction dans laquelle je retrouverais ma chaise que je retrouvai effectivement et que je saisis par le dossier pour la soulever et me retourner à 180 degrés et reprendre la direction qui me conduisit à nouveau jusqu'à lui qui ouvrit une seconde fois les yeux. J'installai ma chaise juste en face de lui, très près, et je cherchai l'une de ses mains que je gardai par la suite dans les miennes. Il me demanda ce que je faisais là et je lui répondis que je n'aimais pas la solitude en certaines circonstances. Plus tard, il y eut un troisième coup de gong: tous les yeux réapparurent et s'élevèrent dans un bruit de chaises remuées. C'est mon partenaire qui cette fois prit ma main pour m'entraîner dans une file que je ne voyais pas mais dont j'entendais les pas feutrés devant et derrière nous qui marchions côte à côte tout au long de ces corridors sans fin qui nous menèrent à une salle identique à toutes les autres puisqu'elle était blanche, avec çà et là quelques petites paires de taches qui étaient les yeux de ceux qui formaient vraisemblablement le début de la file et qui se retournaient une fois entrés. Lorsque le nombre sembla complet, tous s'immobilisèrent et des yeux à cerceaux accouplèrent les paires d'yeux et dirigèrent chaque couple vers un endroit où il disparaissait. On me laissa avec mon acolyte qui n'avait pas encore lâché ma main et qui m'entraînait maintenant dans une pièce aux murs plus rapprochés qui semblait être à l'intérieur même de l'autre salle. Une fois entrés, mon partenaire m'expliqua que c'était maintenant la séance des corps. Je ne compris d'abord pas mais presque aussitôt, sa main longea la mienne et, au niveau du poignet, elle glissa sous la manche de ma robe de toile. Je me demandai à quelle nouvelle surprise je devais m'attendre lorsque tout à coup, je sentis sa main gauche se poser sur ma poitrine puis descendre peu à peu en glissant vers les reins. Je fis quelques pas vers l'arrière mais déjà, je touchais le mur. Il ne fit rien

119

pour me rejoindre. Je vis au contraire ses yeux descendre et je compris qu'il s'asseyait par terre. Il resta ainsi et je restai le dos au mur. Cela dura longtemps, trop longtemps, de telle sorte que je m'inquiétai enfin du silence et de l'immobilité de son regard. Je m'avançai lentement vers les yeux tout en disant que je n'étais pas dupe cette fois et que je savais parfaitement qu'il n'y avait plus devant moi que des yeux de verre. Mais lorsque je fus tout près, il posa sa main sur mon pied et la fit glisser jusqu'à ma cheville qu'il encercla sans serrer. Après un moment, sa main monta doucement jusqu'à mon genou puis redescendit et remonta à nouveau. Son autre main se joignit à la première. Je me dégageai, me retournai et, en étendant les bras devant moi, je revins jusqu'au mur en face. Nous sommes à nouveau restés immobiles.

«Qui êtes-vous?»

Il ne répondit pas.

«Où sommes-nous?»

Il ne répondit pas.

«Que faisons-nous?»

Il y eut un bruit. Mon acolyte se leva et me signala que la séance des corps était terminée. Il me fit remarquer que cette séance était le pivot essentiel de cette vie où nous ne voyions qu'en touchant. Il disparut une fois de plus, brusquement, et, tentant de le rejoindre, je m'assommai violemment sur un mur. Lorsque j'ouvris les yeux, j'étais couchée et des yeux à cerceaux me surplombaient. Une voix me dit son contentement de me voir revenir à moi. Il y avait une odeur de médicament dans cette pièce qui semblait beaucoup plus petite que les autres. Je pris mon deuxième repas à cet endroit et c'est en renversant un peu de café sur le lit que me vint une idée. Lorsque j'avais renversé mon café, l'homme aux lunettes écliptiques s'était approché de moi et il avait éponge le liquide sur la couverture en penchant la tête juste au-dessus. J'aurais donc pu, à cet instant précis, si l'idée m'en était venue plus vite, tenter de lui arracher ses lunettes en supposant que ces lunettes, comme toutes lunettes écliptiques de ce genre, tenaient par une courroie faisant le tour de la tête. À la fin du repas, je renversai donc, dans un geste maladroit qui pouvait être facilement excusable dans les circonstances, tout mon plateau sur le lit. Je feignis de pleurer. L'homme aux lunettes s'approcha de moi, tapota mon épaule et me dit que cela arrivait à tout le monde pendant la période d'apprentissage. Je suivis très attentivement son regard pour que, une fois qu'il fût penché et que ses yeux eussent disparu, je puisse, presque sans tâtonnement, localiser et arracher d'un seul geste la courroie du crâne qui était nu comme le mien. Il eut à peine le temps de réaliser ce qui lui arrivait. J'avais pris soin en renversant mon plateau, de garder ce dernier sur mes cuisses pour m'en emparer sitôt les lunettes arrachées et le rabattre à plusieurs reprises, sur le crâne chauve de celui qui, au lieu de crier, émit quelques grognements sourds avant de s'écrouler dans un bruit de vaisselle. Les lunettes avaient glissé avec lui et je mis quelques instants à les retrouver. Dès que je les eus touchées, je les mis et ce monde de fantoches, que l'on voulait me faire prendre pour le monde faramineux de la deuxième vie, reprit du même coup les couleurs et les formes du monde premier dans lequel j'étais née et que je n'avais pas quitté. Je vis le lit de fer recouvert de draps blancs et d'une couverture grise sur laquelle il y avait la sauce brune que j'avais laissée dans l'assiette. Je vis un homme étendu par terre, revêtu lui aussi d'une robe de toile blanche, la tête dénudée mais avec, au niveau de la barbe, comme pour la camoufler, une sorte de pansement à texture très spéciale. Je repris le plateau et lui en refrappai plusieurs fois la tête, hantée par les images de tous ces films où l'ennemi mal assommé se relève après quelques secondes pour donner l'alarme. Je vis ensuite dans tous leurs détails et dans toute leur astuce, les murs, les planchers, les plafonds, faits d'une matière transparente derrière laquelle étaient tressés et encerclés des milliers de filaments lumineux qui ressemblaient à de minuscules rayons ultra-violets. La pièce n'était pas grande et elle correspondait en tout point à une infirmerie. J'étendis l'homme à ma place dans le lit, retournai la couverture et remontai le drap sur la moitié inférieure de son visage. Je cherchai dans les armoires le nécessaire pour me faire un pansement de même type que celui que portait l'infirmier, et, ayant trouvé, je me masquai le bas du visage pour ne pas être reconnue par ceux qui portaient des lunettes. Comme arme, je gardai les ciseaux avec lesquels j'avais coupé le ruban adhésif. Il n'y avait pas de fenêtres dans la pièce mais il y avait deux portes, lumineuses elles aussi, entre lesquelles j'hésitai. J'ouvris doucement l'une d'elles: elle donnait sur un long corridor. Je la refermai et me dirigeai vers l'autre porte: elle donnait accès à une salle de bains. Je revins donc à la première porte et m'engageai dans le corridor le long et au fond duquel étaient plusieurs portes, trois à droite, trois à gauche et une au bout, parmi lesquelles je devais faire un choix car le corridor ne continuait pas. Sans que j'eus rien entendu, la porte au centre du côté droit s'ouvrit et j'en vis sortir un homme sans lunettes qui se dirigeait vers l'infirmerie, lentement mais sans faux pas, comme quelqu'un qui connaît bien les lieux. Je me dirigeai doucement vers lui et lui demandai, à voix basse et en changeant ma voix, où il allait ainsi. Il me répondit qu'il avait reçu l'ordre d'aller rejoindre celle sur qui il devait veiller pendant l'apprentissage et qui était présentement à l'infirmerie. Je reconnus la voix de mon acolyte du début et je l'accompagnai jusqu'à l'infirmerie. Une fois entrés, je refermai la porte sur nous et, reprenant ma voix, je me mis à lui expliquer que lui, moi et tous les autres aux yeux non encerclés étions les jouets, les cobayes de ceux qui portaient les lunettes. Je lui expliquai que j'avais réussi à confisquer une paire de lunettes et qu'il pouvait voir lui-même que tout le monde où l'on ne voyait rien n'était que montage. En enlevant les lunettes de mes yeux pour les faire essayer, je fus prise de vertige par la trop grande lumière et la disparition instantanée des formes et des couleurs. Je touchai sa joue juste sous ses yeux et lui mis les lunettes. Je le vis regarder en tous sens, lentement, en répétant que tout cela était impossible. Je repris les lunettes et les remis. Je lui demandai de m'attendre en se cachant dans la salle de bains; j'allais lui trouver des lunettes et je reviendrais. Mais la constatation qu'il venait de faire n'eut pas sur lui l'effet auquel je m'attendais. Sa respiration se fit tout à coup haletante et il se mit à gesticuler en tous sens en hurlant. J'essayai de le retenir et de le contrôler mais cela fut impossible et il eut tôt fait de m'arracher les lunettes. Sans savoir où je frappais, je lui enfonçai plusieurs fois les ciseaux dans la chair, jusqu'à ce qu'il s'écroule. Je repris ensuite les lunettes. Les ciseaux étaient plantés juste au-dessous de l'oreille droite. Je les ai retirés et j'ai vomi tout mon repas. Je tirai le corps jusque dans la salle de bains et j'essuyai le sang et la vomissure sur le plancher. À partir de ce moment, je décidai de jouer seule et de ne pas, comme je l'avais d'abord projeté, essayer de faire comprendre à ceux qui n'avaient pas de lunettes ce qui se passait ici car, comme cet homme que je venais de tuer involontairement, ces gens avaient passé le stade transitoire et ils étaient déjà si fortement conditionnés à cet univers démentiel que défaire l'illusion correspondrait à enlever à leur vie toutes coordonnées et ainsi, à les rendre fous. Je sortis pour la deuxième fois de l'infirmerie. Mes genoux tremblaient et se pliaient exagérément à chaque pas. Dans le corridor, je dus faire une courte pause et je m'adossai au mur pour reprendre un peu de calme. Je m'approchai ensuite de la porte par laquelle l'homme était entré; je l'ouvris doucement et je vis un second corridor, en tout point semblable au premier avec ses huit portes. J'y entrai et après réflexion, je choisis d'ouvrir là aussi la porte centrale de droite. Pour la troisième fois, je fus face à un corridor à huit portes. Je m'y engageai et décidai d'ouvrir cette fois la porte centrale de gauche: là aussi je vis un corridor identique. Je refermai la porte sans y entrer et je décidai d'ouvrir la deuxième porte de droite mais, avant même que mon geste ne soit ébauché, la porte glissa d'elle-même et je me trouvai face à une femme sans lunettes qui inclina la tête comme pour me saluer avant de s'avancer dans le corridor et de se retourner vers la porte par laquelle j'étais entrée. D'autres la suivaient dans la salle et je décidai de m'esquiver par crainte que le groupe ne soit accompagné d'un des dirigeants à lunettes. Je m'avançai donc jusqu'au bout du corridor et entrouvris la dernière porte à droite. Je ne pus m'empêcher d'y regarder attentivement bien que cela ait nettement représenté un danger pour moi puisque j'y vis un homme à lunettes veillant à la sortie de personnes sans lunettes qui, à ma grande surprise, sortaient de cette grande salle par la porte de laquelle je venais de m'éloigner. En plus de cette porte et de celle par laquelle je regardais, je vis trois autres portes dont l'une était située sur le même mur que les deux premières et devait donc correspondre à la première porte à droite de celui sur lequel étaient les trois premières, et la cinquième porte était située juste en face de la troisième porte. D'après ces positions, et d'après la position des trois corridors que j'avais parcourus, il était possible que la quatrième porte corresponde à la première porte à droite du deuxième corridor et que la cinquième corresponde à la première porte à droite du corridor, en sortant de l'infirmerie. Tout à coup, l'homme aux lunettes se retourna et me fit un signe de la main, qui devait être un salut, puis un autre m'invitant à m'approcher. À mon tour je fis un signe de la main pour lui signifier que je ne pouvais pas. Je refermai la porte aussitôt et ouvris celle qui était la plus rapprochée de moi et qui correspondait à la porte du fond du couloir. Je me suis retrouvée dans un corridor, mais différent cette fois, beaucoup plus long, comportant un tournant à chaque extrémité et une seule porte, à ma vue, en position symétrique à celle que je venais d'emprunter. Je décidai d'aller vers l'angle situé à ma gauche, qui était tout près, de telle sorte que, si quelqu'un venait à emprunter lui aussi le corridor, je ne sois pas prise en son milieu, incapable de me dissimuler ou de m'enfuir. Je tournai donc le coin et me trouvai dans un large recoin où il y avait deux portes dont l'une était juste en face de moi et l'autre, à ma gauche. Cette dernière était probablement la troisième porte de gauche du troisième corridor que je venais de quitter pour échapper à l'homme aux lunettes. Mon choix fut donc vite fait: je choisis l'autre porte et l'ouvris avec précaution. Je me retrouvai dans le corridor que j'avais vu auparavant mais dans lequel je n'étais pas entrée, et dont la porte du fond correspondait à la porte centrale de gauche du troisième corridor. J'étais exaspérée. J'ouvris la porte en face de celle par laquelle je venais d'entrer dans le nouveau corridor et je me trouvai dans la salle à manger qui n'était pas de forme régulière puisqu'il y avait dans le mur de gauche, une sorte de saillie comportant deux portes, que je voyais, l'une sur l'extrémité de la saillie et l'autre sur le côté qui faisait face à la porte que je venais de franchir. Il y avait une autre porte sur le petit mur à gauche de l'encoignure. Je regardai le reste de la salle et vis de longues tables placées en carré et des chaises dont je reconnaissais maintenant la forme du dossier pour l'avoir touché au repas. Il y avait le long des murs plusieurs portes, sauf sur le mur qui était à ma droite, du moins à première vue car soudain je vis s'élever (et non pas glisser comme il était courant pour les autres portes de ces lieux) une partie du mur et en sortir, d'un endroit qui me parut extrêmement sombre, un homme à lunettes portant sur son bras des nappes blanches. Je me dissimulai dans l'encoignure de la saillie et dès qu'il se fut retourné, j'ouvris la porte à ma gauche et m'y faufilai. Je me suis retrouvée dans un couloir dans lequel je n'avais pas l'impression d'être entrée auparavant bien qu'il ait eu la même forme que tous les autres corridors à huit portes. J'entendis quelqu'un venir et je passai la porte en face de celle que je venais d'emprunter mais je me retrouvai dans la salle à manger. J'en ressortis aussitôt pour ne pas être vue de l'homme qui dut se retourner au bruit que je fis mais qui dut voir mon dos, ce qui n'était guère compromettant. Je fus à nouveau dans le même corridor, que cette fois je reconnus être le corridor perpendiculaire à celui de l'infirmerie. J'ouvris la porte qui faisait suite à celle que je venais de refermer et je fus dans un autre corridor à huit portes, perpendiculaire à celui que je venais de quitter, lequel, tout en étant lui-même perpendiculaire à celui de l'infirmerie, semblait être, en plus, le pivot central d'une architecture à deux battants symétriques. Pour vérifier mon hypothèse, j'ouvris une des portes à ma gauche et vis une grande salle similaire à celle d'où j'avais vu sortir le groupe aux yeux sans cerceaux, de l'autre côté. Je refermai la porte. Je calculai que la première porte de droite du corridor donnait sur la salle à manger et la dernière ou la troisième, sur un long couloir semblable à celui qui avait deux tournants de l'autre côté. La panique me gagnait. Je ne trouvais aucune issue à ce sanctuaire de fantômes. Si quelqu'un à lunettes allait à l'infirmerie, tous ces corridors se transformeraient en souricière en un instant. Je me rappelai tout à coup avoir vu, sur l'une des armoires de l'infirmerie, sous une vitre, un graphique compliqué auquel je n'avais prêté que peu d'attention en cherchant le diachylon. J'attendais de ne plus rien entendre dans l'autre corridor et j'y revins. En un rien de temps, je fus de retour à l'infirmerie. La porte était entrebâillée. J'écoutai attentivement puis y entrai avec précaution. Le lit était vide et refait et le corps n'était plus dans la salle de bains. Je ravalai plusieurs fois ma salive et me mordis la lèvre supérieure au sang. Je revins à l'endroit où était le graphique et l'examinai rapidement. Cela semblait correspondre aux lieux, du moins la partie que j'en avais vue. Je cherchai aussitôt une issue sur le papier mais n'en vis pas. Je soulevai la vitre sur le meuble et en tirai le plan. Je l'approchai de mes yeux et regardai avec plus d'attention. Pour une seconde fois, je ne vis aucune issue. Tout était construit de telle façon que, pour aller à un même endroit, il y avait un choix multiple de chemins et de portes de telle sorte que comme moi-même je l'avais cru et surtout pour quelqu'un qui ne voyait rien, cet univers semblait gigantesque et compliqué. Mais tous les corridors et toutes les pièces ne menaient qu'à d'autres pièces et qu'à d'autres corridors qui ne conduisaient à leur tour qu'à d'autres corridors plus longs desquels on ne sortait que pour entrer dans les mêmes couloirs qui menaient aux mêmes pièces qui n'étaient qu'au nombre de six et dans lesquelles on pouvait pénétrer par un seul et même corridor qui était au centre. Tout le plan était inclus dans un carré. Je décidai d'aller faire le tour de ce carré car s'il y avait une issue, elle devait être là. Pour m'y rendre, j'avais le choix entre le battant nord et le battant sud. J'optai pour le nord, où était le dortoir. La fatigue m'enlevait peu à peu toute la confiance que j'avais acquise en réussissant à subtiliser les lunettes; la disparition plus que troublante de l'infirmier et cette absence d'issue sur le plan m'enlevèrent presque tout espoir d'échapper à cet enfer. Tout en suivant le plan, je franchissais chaque porte sans précaution, convaincue que j'allais voir surgir des gardiens à lunettes par les huit portes à la fois de l'un des corridors. Mais il n'en fut rien. Je ne vis pas même un pantin sans lunettes. Cela me redonna d'abord confiance, puis m'inquiéta. Je parvins dans le corridor-ceinture et je commençai à le parcourir vers la droite. Lorsque je fus au tournant, j'hésitai en voyant la longueur du couloir adjacent. Je me suis pourtant mise à marcher et tout à coup j'eus l'impression d'avoir déjà marché en cet endroit, il y avait de cela très longtemps peut-être ou peut-être bien que non, je ne savais plus très bien. C'était comme le bruit de mes pieds nus collant au verre des planchers qui me donnait cette impression. J'enlevai les lunettes. Comme à l'infirmerie, je fus prise de vertige et dus m'appuyer au mur quelques instants. Je commençai ensuite ma marche aveugle et la poursuivis un long moment, jusqu'à ce que j'eusse la certitude que c'était bien dans ces corridors que j'avais marché, au tout début de cette aventure, avant de buter contre ce mur qui n'était pas à sa place habituelle, avant d'entamer ce nouveau parcours qui était plus court et qui ne prit fin que lorsque je fus enfermée dans la petite cage de murs blancs qui finit par s'ouvrir sur une salle où il ne semblait pas y avoir de meubles et qui devait donc être l'une des quatre salles intérieures, probablement l'une de celles dont j'avais ouvert la porte puisque l'une des deux autres devait contenir une piscine et l'autre des divisions intérieures pour la séance des corps. Je remis les lunettes et tentai de retrouver tout mon parcours originel. Je fis plusieurs fois le tour; j'étais si absorbée à scruter les murs que pas un seul instant je n'eus conscience du danger qu'il y avait à marcher ainsi dans ces immenses couloirs dont deux, les plus longs, ne comportaient aucune porte. Un second effet de toute la concentration de mon attention sur les murs fut que lorsque je m'arrêtai face à l'une des quatre portes, je ne savais plus si j'étais du côté de la salle à manger ou du côté de la salle du sommeil. J'ouvris donc la porte et pénétrai dans le corridor. Je fis glisser la première porte à ma gauche et je vis que c'était le dortoir. Les lits étaient de fer et ils étaient recouverts d'une couverture grise. Je refermai la porte et revins au corridor en carré. J'essayais de mettre de l'ordre dans mes souvenirs mais il y manquait un déclic extérieur qui rende leur utilisation possible. Je me souvenais maintenant d'avoir marché d'abord très longtemps dans de longs corridors où je tournais toujours à droite. Ces longs corridors pouvaient correspondre à ce carré dont on m'aurait peut-être fait faire le tour plusieurs fois, question de m'impressionner et de me faire perdre toute notion d'espace et de temps. Je me rappelais ensuite que lorsque mon parcours s'était modifié, c'était en se raccourcissant; de plus, je ne tournais plus à droite mais à gauche. La dernière fois que j'avais tourné à droite, j'avais d'abord buté contre le mur car j'étais certaine que je devais encore marcher un long moment avant d'avoir à tourner. J'avais ensuite buté contre un autre mur au bout d'un corridor moins long parce que je croyais encore avoir à tourner à droite alors que maintenant c'était à gauche. Et là dut s'entamer le carré plus court que je dus parcourir plusieurs fois aussi. Sur le graphique, cela pouvait correspondre à faire le tour de la salle à manger ou de la salle du sommeil. Mais ce qui manquait à mon raisonnement, c'était les murs contre lesquels j'avais buté et qui, si tout cela s'était passé ainsi, devaient être mobiles puisqu'ils n'étaient pas là et que le plan n'en donnait aucune indication. Je décidai de faire, à l'œil nu, ce double parcours, en imaginant qu'il y avait des murs là où j'en avais touché la première fois. Quand cela fut fait, j'eus la certitude que c'était bien là mon premier parcours. Je remis mes lunettes et constatai, à l'aide du graphique, que je m'étais arrêtée dans le corridor sept, juste en face de ses portes centrales: c'était à cet endroit précis que la cage de murs s'était formée. Il ne me manquait plus que de trouver la provenance des murs. Je me mis à toucher les murs puis les planchers. Je n'y découvris rien sinon que sur les murs, de chaque côté des portes, il y avait sur le verre de légères éraflures verticales dues au frottement de quelque chose. Je regardai attentivement le plafond et c'est là que j'y vis de toutes petites interruptions, en ligne droite, dans les filaments lumineux qui pourtant continuaient le même dessin compliqué. Les portes devaient donc être là. Il y en avait des deux côtés des portes centrales, ce qui expliquait la cage de murs. Je ressentis pendant quelques secondes une sorte de soulagement mais cette impression fut aussitôt suivie d'une prise de conscience précise de la situation précaire dans laquelle j'étais: je venais d'utiliser tout ce temps précieux non pas à chercher la façon de sortir de ces lieux de démence mais la façon d'y entrer. Tout le silence qui habitait maintenant ces lieux, l'absence totale de rencontre dans tous ces corridors que j'avais parcourus, tout cela me semblait louche et de mauvais augure. Il était impossible, après l'incident de l'infirmerie, qu'ils ne soient au courant de tout, et il était tout aussi impossible que, depuis ce temps, s'ils voulaient me prendre, ils ne m'aient point prise. Je ne pus supporter l'idée que depuis le début de mon escapade, ils me regardaient sournoisement me débattre dans le vide. Je refusai d'être ainsi tournée en ridicule et je me mis à ouvrir une à une toutes les portes de ces corridors déserts et de ces pièces maudites et je me mis à vociférer que, de toute façon, ils ne pourraient plus jamais me faire vivre en ces lieux et ils devraient donc ou me tuer ou m'en faire sortir, maintenant que je savais tout. Ma voix résonnait bizarrement dans cet écheveau de corridors et je me mis à frissonner et à trembler parce que le son faisait vibrer mes entrailles. Je dus me taire. Je commençai à courir, doucement d'abord, en regardant à gauche et à droite, puis de plus en plus vite tentant de fuir ces regards cachés que j'imaginais partout, entre les murs, les plafonds et sous mes pieds. Je me retrouvai dans la salle à manger et c'est là que j'eus le déclic que je m'étonnai de n'avoir pas eu plus tôt. Je cessai de courir et m'avançai lentement vers le fond de la salle. Les tables étaient dressées au grand complet; les plats fumaient encore mais il n'y avait personne. Je me dirigeai vers la gauche du mur où il ne semblait y avoir aucune porte et je tentai de faire glisser vers le haut une partie du mur, comme je l'avais vu s'élever lorsque l'homme aux nappes était entré, mais mon effort fut vain. Je revins jusqu'aux tables et je pris deux couteaux. Je tentai d'insérer les lames entre le mur et le plancher mais sans plus de résultat. Je cherchai avec les doigts un endroit où serait dissimulé un bouton ou quelque chose du même genre qui mettrait en marche le mécanisme d'ouverture. Je n'eus pas l'impression d'en trouver et pourtant, la porte se mit à glisser d'elle-même révélant un trou d'ombre où je ne distinguai d'abord rien. Je m'approchai doucement et avançai le bout du pied vers l'espace derrière la cloison car je crus d'abord qu'il s'agissait d'une énorme trappe. Mais c'était l'obscurité qui donnait cette impression. Je retirai les lunettes et je vis devant moi une cuisine tout à fait normale avec ses marmites bouillonnant sur le poêle, sa vaisselle, ses légumes sur une table de bois épais. La cuisine était longue et étoite. Au bout il y avait un escalier conduisant vers le haut. La porte de la salle à manger se referma d'elle-même: je ne tentai point de m'y glisser avant qu'elle fût totalement descendue. Je me dirigeai vers l'esclalier et commençai à le gravir. Il y avait une lumière jaunâtre et j'avais de la difficulté à voir. À mi-hauteur se trouvait un palier, puis l'escalier continuait. J'arrivai à une porte en bois. Lorsque je l'entrouvris, elle grinça légèrement et cela me fit bêtement plaisir. De l'autre côté, il y avait un couloir aux murs blancs, peints au pistolet. C'étaient les murs de la prison dans laquelle la sentence de mon procès m'avait condamnée à vivre à perpétuité. Ce n'est qu'à ce moment que je me suis souvenue qu'avant d'entrer dans les corridors blancs du monde d'en-dessous, j'avais marché longtemps dans les corridors blancs de la prison et descendu un escalier où il faisait déjà plus clair (et qui n'était pas celui de la cuisine) au bout duquel j'étais entrée, seule alors, dans la série des corridors aux murs lumineux. Je remarquai que sur le graphique, l'espace de la cuisine était foncé et que, juste à l'intérieur du grand carré, il y avait ainsi tout un espace de même teinte qui devait être constitué d'endroits secrets où on rangeait peut-être le matériel et où les dirigeants devaient se cacher le long des murs, sans savoir où j'allais, jusqu'à ce tournant où je reconnus le chemin que nous empruntions une fois par semaine pour aller au gymnase. Je n'avais pas encore vu de garde et je m'en étonnai. Je crus d'abord à une nouvelle stratégie de ces être diaboliques, mais en même temps, il me vint l'idée saugrenue que peut-être la prison avait été désertée pour quelques raisons extraordinaires, guerre, feu, désastre ou peut-être même parce que le double jeu de la prison avait fini par être découvert. Tout cela me semblait au fond très ridicule mais la seule chance que j'avais de m'échapper était d'aller droit à l'entrée principale où peut-être, comme partout ailleurs, il n'y aurait personne. Je me mis à courir et j'arrivai enfin au corridor de l'entrée où je ne vis, à mon grand soulagement, personne. Je courus jusqu'à la porte et cherchai dans le tableau des commutateurs celui qui commandait l'ouverture de la première porte. D'après le souvenir que j'avais gardé du jour de mon arrivée, celui de la deuxième porte était entre la deuxième et la troisième porte. J'appuyai sur le bouton et la porte s'ouvrit doucement en montant et en s'insérant dans le plafond. Je passai dans l'entre-deux et actionnai le bouton de la deuxième porte. La première se referma et quand elle eut rejoint le sol, la deuxième se mit à monter. Je regardai ma robe et touchai mon crâne chauve et pensai qu'on allait me prendre pour aliénée lorsque je serais hors de cette prison. Mais je n'eus pas ce problème car derrière la deuxième porte étaient assis, autour d'une table ovale, douze hommes, tous tournés vers moi. On me fit asseoir et l'homme du milieu se mit à me féliciter avec ironie. La deuxième porte se referma et nous nous mîmes à monter dans cet ascenseur imprévu. On me garda dix jours dans une chambre isolée où on me fit passer une multitude d'examens physiques et psychologiques. En outre, on remit mon système pileux en fonction et mes cheveux repoussèrent. Le dixième jour, on m'emmena dans un bureau où il y avait trois hommes, dont un que je reconnus: c'était celui qui était au centre de la table, lors de ma capture. C'est ce dernier qui s'adressa à moi. Il me dit que je venais de traverser une très longue maladie dont je n'aurais bientôt plus mémoire. J'allais réintégrer ma cellule et ma vie normale reprendrait. Je ne pris pas la peine de protester car, tout en parlant, il préparait une seringue dans laquelle il introduisit un liquide jaune. Ils s'approchèrent ensuite de moi et les deux autres hommes me tinrent immobile pendant qu'il m'injectait le liquide. Je n'opposai pourtant aucune résistance trop certaine que cette fois, c'était inutile. J'attendis avec calme et dégoût l'effet de la piqûre mais, contrairement à ce que je croyais, je ne fus pas foudroyée. Pendant tout le parcours qui me conduisit à ma nouvelle cellule, je faisais subir à mon esprit toutes sortes d'épreuves: tout semblait normal et je restais totalement consciente. Il en fut ainsi tous les jours suivants et ce n'est qu'à présent que je sais que, bien que n'ayant en rien changé le mécanisme de ma pensée, l'injection avait cloîtré dans mon subconscient ce bref épisode de ma vie que j'avais passé dans ce monde souterrain, de telle sorte que dans mes rêves seulement, je retrouvais parfois, non pas le souvenir de ces lieux maudits mais l'impression ou plutôt, l'atmosphère vaguement horrifiante qui y régnait. Je vécus quatorze longues années dans cette prison. Puis un jour, on me conduisit dans le même bureau où j'avais reçu l'injection sauf que cette fois, tout était disposé comme dans l'ascenseur dans lequel on m'avait capturée. Mais cela ne produisit alors aucun déclic en moi. On me fit entrer et asseoir. Il y avait cinq hommes de moins que le jour de ma capture. On me fit subir, sans aucune pression et presque jovialement, un long interrogatoire. On me fit raconter tout ce qui s'était passé depuis le début de mon emprisonnement jusqu'à ce jour. Dans mon souvenir, la période que j'avais passée dans le monde au-dessous avait complètement disparu et elle était remplacée par une vague période de maladie sur laquelle mes interrogateurs me rassurèrent fortement disant que ce genre de dépression frappait la majorité des prisonniers au début de leur séquestration. Cela dura plus de quatre heures. On fit servir le repas dans cette salle et, à la fin, on m'annonça que j'allais bientôt jouir de la clémence de la justice et être libérée pour bonne conduite. Lorsque je sortis de prison, j'allai travailler chez une dame pour laquelle j'avais fait de la couture pendant mon emprisonnement. Je travaillai quatre ans à cet endroit puis j'entrai dans ma ménopause et tout se compliqua. De jour en jour je devenais plus agressive et on finit par me mettre à la porte de l'établissement. Je passai ensuite une semaine complète enfermée dans ma chambre et la dame chez qui je logeais me fit interner. C'est au début de cet internement que la mémoire me revint sur la période passée dans le monde sous la prison. On me fit subir plusieurs séances d'électrochoc et, petit à petit, le puzzle se reconstitua. Je crus d'abord que si les gens de la prison apprenaient cela, ils tenteraient de m'éliminer. Mais ils ne prirent pas cette peine et je compris vite pourquoi puisque les psychiatres qui me suivirent ne crurent pas un mot de mes dires et les associèrent à une forme de délire. On ne se préoccupa d'ailleurs guère de mon cas. J'étais pour ainsi dire un cas déjà classé à cause de mon âge probablement, aussi par le fait que j'étais sans amis et sans famille à qui me renvoyer glorieusement guérie, mais surtout parce que l'on considérait qu'une femme qui a d'abord, à 23 ans, commis un meurtre et qui a, par la suite, passé quatorze ans de sa vie en prison, est sans contredit irrécupérable. On veilla donc sur moi, mais sans croire que malgré mon déséquilibre, je pouvais avoir été le témoin vivant d'une psychose collective inimaginable. J'essayai plus de trois mois de prouver que j'étais de bonne foi mais plus j'insistais, plus ils persistaient à me faire absorber des doses

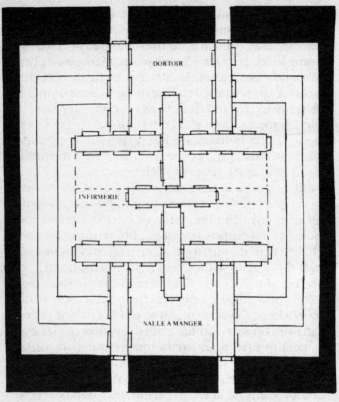

ridicules de médicaments qui m'abrutirent au point que je finis par renoncer à convaincre qui que ce soit. Je m'enfermai dans un mutisme total et on me garda à l'institution dans une chambre qui certains jours ressemble à mon ancienne cellule.

Mais, après tout, — je crois que cette vie me convient. Une fois par mois, le psychiatre passe me voir et me parle, un peu comme à une enfant. Je ne dis rien. Je les regarde s'agiter dans leur monde qui, somme toute, ressemble étrangement au mien et à celui d'au-dessous. La différence, c'est que moi je le sais.

Claudette Carbonneau Tissot, *Contes pour hydrocéphales adultes*, Montréal, le Cercle du livre du France, 1974, p. 43-72.

ANDRÉE MAILLET

Andrée Maillet naît à Montréal en 1921. Elle est correspondante de presse en Europe et devient membre de l'Anglo American Press Association. Elle collabore au Photo-Journal, *est éditorialiste au* Petit Journal *puis dirige la revue* Amérique française *de 1952 à 1960. Fondatrice du P.E.N. Club canadien-français, elle est reçue membre de l'Académie canadienne-française en 1974 et de l'Ordre du Canada en 1978. En 1965, elle obtient le Prix de la province de Québec et la Médaille de la Canadian Association of Children's Librarians pour son recueil de contes* le Chêne des tempêtes. *Ses écrits pour jeunes et adultes touchent à la plupart des genres.*

Le Marquiset têtu et le Mulot réprobateur *suivi de* les Aventures de la princesse Claradore *(contes), Montréal, Éditions Variétés, 1944.*

Ristontac *(contes), Montréal, Parizeau, 1945.*

Profil de l'orignal *(roman), Montréal, «Amérique française», 1952.*

Les Montréalais *(nouvelles), Montréal, Éditions du Jour, 1962.*

Le Lendemain n'est pas sans amour *(contes et récits), Montréal, Librairie Beauchemin, 1963.*

Les Remparts de Québec *(roman), Montréal, Éditions du Jour, 1965.*

Le Chêne des tempêtes *(contes), Montréal, Fides, 1965.*

Nouvelles montréalaises, *Montréal, Librairie Beauchemin, 1966.*

Le Bois pourri *(roman), Montréal, Actuelle, 1971.*

Le Doux Mal *(roman), Montréal, Actuelle, 1972.*

À la mémoire d'un héros *(roman)*, *Montréal, La Presse, 1975*.

Lettre au surhomme, *tome I (roman)*, *Montréal, La Presse, 1976*.

Lettre au surhomme, *tome II (roman)*, *Montréal, La Presse, 1977*.

Les Doigts extravagants

La Quatorzième rue est un chemin qui mène à l'East River.

Un soir, à dix heures, la foule avait un visage de plâtre et des souliers morts. Millième aspect d'une civilisation synthétique.

La rue, aussi sombre qu'un corridor de couvent. Quelques gens allaient vers l'exit, de l'est à l'ouest ou en sens contraire, à un rendez-vous, à un gîte; allaient nulle part.

Le décor, réaliste à l'excès; littéraire.

À gauche, des couleurs jaunes, rouge brique, brunes, délimitées par des lignes noires qui leur donnaient des formes, des formes de maisons.

Tout cela me semblait assez vague, car je marchais à droite. De mon côté, dans un sous-sol, une boutique de barbier, illuminée, une taverne écœurante et pleine de confusion. Plus loin, des murs de bois placardés, un enclos que dépassait la tête d'un arbre. Des affiches déchiquetées annonçant un film ancien et célèbre: *Mädchen in Uniform*.

Je ne pensais pas. J'absorbais goulûment toutes les impressions et observations qui s'imposaient à mon esprit vacant.

Au coin de la Première avenue, un individu s'arrêta. Il alluma une cigarette comme si elle lui avait été indispensable pour traverser l'avenue. Moi, je la franchis sans halte et je vis que derrière l'homme à la cibiche s'avançait un drôle de type dont je pus

145

voir la figure grâce au néon d'une vitrine de chaussures.

Il marchait rapidement et tenait un paletot. Son bras gauche levé en équerre devant lui se terminait par un gant de boxe.

Quand nous fûmes parallèles, il s'arrêta, voyant que je le regardais non sans quelque étonnement. Ses yeux gros roulaient dans sa face. Il me lança le manteau qu'il tenait et s'enfuit en silence, le poing ganté toujours brandi en l'air et le regard hagard.

Que faire d'un paletot d'homme?

«S'il me paraît assez propre,» me dis-je, «je l'enverrai à l'U.N.R.A.».

Au loin, les réverbères brillaient et bordaient la rivière. Bientôt mon fardeau me pesa. J'eus un instant la tentation de l'abandonner sur un des bancs qui longeaient la berge.

Je ne sais ce qui me retint d'y obéir. Mon démon, sans doute.

Des cargos sans beauté tiraient sur leurs amarres ou traçaient des circonférences autour de leurs ancres.

Des gamins exécrables se poursuivaient. La racaille n'est nulle part aussi déplaisante qu'à New York.

Que ferais-je bien de ce paletot? Ah! Oui. Le donner à l'U.N.R.A. Ou l'expédier moi-même à quelque ami, en France. Non. Trop compliqué. Pas encore permis d'envoyer des vêtements.

Des îlots, dans la nuit, arrivaient des cris, des lumières bleues, vertes. Ajoutons la lune au décor, et sur le parapet une fille assise jambes pendantes, et près d'elle un garçon, pas beau, pas laid, ordinaire.

Un ouvrier passa. Il n'avait pas non plus le genre que j'aime. Il portait une boîte en fer et un grand bout de tuyau.

Malgré les taches d'huile et les déchets qui flottaient sur l'eau, l'air sentait bon, peut-être à cause de la brise marine.

Marine est une hypothèse. Je supposais que le vent venait de l'océan. L'illusion, si cela en était une, était assez forte pour que je pusse goûter le sel en passant ma langue sur mes lèvres.

Je parcourus deux *blocs* ou trois et puis, enfin lasse, je repris le route de mon logis.

Tout à coup, des suppositions effarantes me vinrent à l'esprit.

Un homme donnait un manteau, comme ça, en pleine rue, à moi, une étrangère, et sans ajouter au geste une seule parole. Pourquoi?

Le vêtement était-il *chaud*, comme on dit aux États-Unis, quand on désigne un objet volé?

Recelait-il en ses poches une arme à feu, un trésor ou un crotale? Appartenait-il à un bandit qu'un adversaire venait d'abattre, prenant bien soin de détruire ou d'enlever tout ce qui pouvait identifier la victime?

Mon donateur de fortune avait des gants de boxe. Deux gants de boxe ou un seul? Je ne me souvenais que d'un seul; celui qu'il brandissait avec une sorte d'exaspération. Sans doute était-il un

147

boxeur. Il avait assommé, peut-être tué l'autre pugiliste et fuyait la justice. Peut-être. Alors, embarrassé de ce lourd paletot, (le paletot de qui?), il l'avait jeté à la première personne venue.

Explication non plausible. Étais-je le premier passant venu? Non. Plusieurs autres avant moi avaient dû croiser cet homme au poing de cuir, et de plus, j'étais une passante. Il avait donné le manteau d'homme à une jeune femme. Pourquoi?

J'arrivai à mon domicile, à bout de conjectures.

Le foyer d'étudiants qui m'abritait, moi et mes rêves et mes efforts d'artiste, offrait une apparence fort convenable. On y accédait de la Douzième rue, par sept marches de pierre.

À l'intérieur, lamentable, la pension entretenait outre des étudiants aussi pauvres que moi, des blattes, des rats, et parfois des Polonais.

Ma chambre, sous les combles, au cinquième étage, me semblait belle quand j'y arrivais le soir par les longs escaliers aux paliers incertains, après mes cours, après un long voyage à travers les longues rues.

Ce soir-là dont je parle, j'entrai dans ma chambre avec le manteau d'homme. D'un coup de poing, j'ouvris la fenêtre.

Je dois dire que je cultivais avec soin tout ce que ma nature m'inspirait de réflexes virils, voulant par là équilibrer la féminité excessive de mon extérieur. Mon idéalité de l'époque était qu'un être parfait doit être moitié homme, moitié femme. Je ne ménageais pas non plus les jurons.

J'ouvris donc cette fenêtre avec un coup de poing, et les côtés s'écartèrent l'un de l'autre vers l'extérieur, c'est-à-dire qu'il fallait que je les tire à moi pour les remettre ensemble. Les Américains donnent à ce genre d'ouverture le nom de fenêtre française.

Et puis, je tombai sur mon lit. Soupirs. Détente. Calme. Les impressions du jour affluèrent.

Le paletot, mal placé sur le dos de la chaise, glissa. Un peu de la lumière de la rue se répandait dans ma chambre, assez pour que je puisse distinguer les objets, pas assez pour leur faire subir un examen.

J'allumai donc la monstrueuse applique qui balançait, au-dessus de mon nez, sa chaîne allongée d'une ficelle. Aussitôt les cancrelats (chez nous on dit les coquerelles) qui jouaient dans ma cuvette disparurent le long des boyaux de fonte. Je me levai. Le sommier chanta. Il berçait chaque nuit mes cauchemars.

J'examinai le manteau.

C'était un polo en poil de chameau ocre clair. Encore très propre, il avait une large ceinture et deux poches en biais. Je glissai ma main dans l'une des poches pour savoir ce qu'elle contenait. J'en sortis quelque chose dont le premier contact m'émut jusqu'au cœur.

Ce que ma main avait retiré de la poche, elle le jeta sur la table et mes yeux virent l'horrible chose.

149

Mes yeux virent les cinq doigts d'une main gauche d'homme, coupés au-dessus des phalanges et reliés entre eux par un lacet.

J'eus deux réflexes auxquels j'obéis sans hésitation. D'abord, je vomis dans le lavabo et puis, je pris l'extrémité du lacet et je lançai l'horreur par la fenêtre.

Un grelottement me secoua. Je ne refoulai pas mes hoquets. Durant les dix minutes suivantes, je crus mourir. Je n'avais heureusement pas dîné; mon estomac se calma rapidement après quelques convulsions douloureuses.

Décidément, ce soir, je n'irai pas au petit bar où se réunissaient mes camarades du Greenwich Village: quelques peintres en mal de talent, une actrice déchue, des poétesses pleines d'espoir. Les plus veinards offraient aux rapins de ma sorte, un sandwich rassis, un café au cognac.

Cette boîte pseudo-française, située dans une cave, s'appelait: «Le Plat du Chat», et les habitués n'étaient guère mieux pourvus, mieux léchés que des chats de gouttières.

Je dégrafais ma blouse avec des gestes lents lorsque, me tournant vers la fenêtre, j'aperçus les ongles de ces affreux doigts qui avaient grimpé tout le mur de la maison jusqu'à ma croisée.

Horreur! Horreur!

Je pris mon soulier. À coups de talon je leur fis lâcher prise. Ils retombèrent et je fermai vivement la fenêtre.

Étais-je en pleine hallucination?

Saisissant le paletot, je sortis de ma chambre et descendis l'escalier chez le concierge.

— J'ai trouvé ce vêtement sur un banc près de l'East River, lui dis-je. «Donnez-le à votre mari. Il ne m'est d'aucun service.»

— C'est un très beau polo, répondit-elle, et vous auriez pu le vendre. Je diminuerai votre note.

Je remontai chez moi. Peut-être maintenant aurais-je la paix.

Je ne comprenais rien à ce qui arrivait. Et vous, l'eussiez-vous compris?

Dès que je fus dans ma chambre, mon coeur remonta dans ma gorge. Les doigts, les maudits doigts tambourinaient sur la vitre comme pour se faire ouvrir.

Je poussai les battants.

— Entrez! criai-je. Entrez! Finissons-en!

Les doigts descendirent sur le parquet. Ils martelèrent très fort le parquet, s'avançant d'une bonne vitesse, d'une allure assurée vers la table. Ils se cramponnèrent fortement au pied de la table de bois. Ils montèrent en glissant le long du pied de la table.

Quel abominable esprit les guidait!

Ils s'affaissèrent sur la table. Sidérée, debout au pied du lit, je les regardais sans agir, sans argument,sans aucune curiosité, sans me donner la peine de chercher une raison à cette horreur que je voyais. Sans argument devant ma folie, si toutefois ce que je voyais était l'image de ma folie. Sans raisonnement pour calmer mon horreur.

Or, les doigts, s'étant reposés, bousculèrent le carton à dessin, le réceptacle à fusain, tirèrent de dessous un cahier, des feuilles blanches.

Il se crispèrent autour de ma plume et ils écrivirent. Un invisible métacarpe extrêmement alerte les faisait se mouvoir d'un côté à l'autre de la page.

L'angoisse grandissait en mon âme. L'air se densifiait. Les bruits s'intensifiaient. À peine pouvais-je respirer. D'où j'étais, je voyais très bien ce qu'ils écrivaient.

«Nous fûmes les habiles instruments d'un homme gaucher que son ennemi mutila. L'homme mourut ce soir. Il n'est plus que par nous et nous ne subsisterons que par toi.»

Une buée épaisse et noire obscurcit mon regard un instant. Tandis que les doigts coupés écrivaient, je remis mon gilet, mon béret. Je dévalai l'escalier.

Je courus dans la rue. Je courus. Je courus. Je compris que la peur, que l'horreur s'étaient pour toujours implantées dans ma vie. En courant, je me dis: «La Quatorzième rue... est un chemin qui mène à l'East River... où il n'y a pas d'effroi...»

Le parapet n'était pas très élevé. Je l'enjambai. Une force inattendue me retint en arrière. Le vent marin balaya sur ma face le rictus qu'y avait mis l'angoisse. Je m'assis sur un banc tandis que s'en allaient du fond de mon cœur, les dernières révoltes. N'y resta qu'une pesante résignation.

Les doigts qui m'avaient retenue du suicide gisaient à mes pieds. Je ne me demandai point comment ils m'avaient suivie.

Je les pris et les mis dans mon béret que je tins dans ma main tout le long du retour.

Chez moi, je secouai mon couvre-chef au-dessus de la table. Les doigts s'écrasèrent avec un *ploc*!

— Exprimez-vous, dis-je à cette chose.

Ils se nouèrent derechef autour du stylo et moulèrent ces mots:

«Nous ferons ta fortune.»

— Moyennant quoi?

«Garde-nous. Sans âme nous nous désagrégerons. Prête-nous la tienne. Les êtres sont immortels dans la mesure du souvenir ou de l'amour qu'on leur conserve. Être conscient d'une présence, c'est déjà l'aimer. Nous ne demandons rien d'autre que l'appui de ta pensée. Prête-nous ta vie, nous ferons ta fortune.»

Quel pacte satanique me présentaient-ils là? Et pourtant j'acquiesçai. Je le signai en quelque sorte, d'un mot.

— Restez. Et j'ajoutai, voulant me garder une porte de sortie. Vous êtes exécrables. Je ne vous tolérerai jamais qu'avec répugnance.

Les doigts s'agitèrent avec impatience et puis se mirent à l'œuvre.

Je ne vous dirai pas que cette nuit-là je dormis.

Dans l'obscurité de ma cambuse, j'entendais gratter, gratter sur le papier, la plume guidée sans relâche par les doigts.

Le lendemain, j'empruntai une machine à écrire et les doigts recopièrent le texte. Le jour suivant, manuscrit sous le bras, les doigts dans la poche de mon gilet, je les sentais contre moi, j'entrai à Random House où le président m'accueillit.

Il jeta à peine les yeux sur le tas de feuilles que je posai devant lui, et m'offrit un contrat magnifique que j'acceptai ainsi qu'une avance de dix mille dollars sur mes royautés à venir.

Il m'imposa un agent visqueux qui me trouva, sur le parc, un appartement meublé, agrémenté d'un jardin suspendu.

Un grand magasin renouvela ma garde-robe. Un coiffeur de renom modifia ma tête. Plusieurs photographes la fixèrent, et j'eus la surprise de la voir dans tous les journaux et revues d'Amérique, reproduite maintes fois avec maints commentaires toujours flatteurs.

Cet agent nommé Steiner me promena dans tous les restaurants et théâtres de la ville et ne parlait de moi qu'avec la plus grande vénération. À mon nom vint s'ajouter l'épithète de génie.

Moi, je savais quel était mon génie: cinq morbides objets qu'un lacet de bottine retenait ensemble.

Quand les doigts écrivirent mon second chef-d'œuvre, j'étais plus connue qu'Einstein, plus célèbre qu'une étoile de cinéma.

Parfois, si j'étais seule, je tâchais de retrouver ma figure véritable. Je dessinais. Mes croquis, pour malhabiles qu'ils fussent, étaient miens, venaient de moi.

Bientôt, on me coupa cette porte d'évasion.

Steiner m'ayant surprise en train de dessiner les gratte-ciel, saisit un paquet d'esquisses et s'en servit pour fin de publicité.

On se les arracha et on parla beaucoup d'eux comme étant «le passe-temps favori d'une femme géniale».

Je conçois que les hommes sont pis que les cancrelats. Ils infestent mon existence, et le paradis faux que m'ont donné les doigts vivants de cet homme mort est plus effroyable que l'enfer.

Ils vivent par moi, ces doigts extravagants, je ne suis plus qu'un être sans vie propre.

La nuit, ils fabriquent des romans, des articles, des élégies. Comme je ne dors plus, je les entends écrire.

Au petit jour, ils se laissent choir sur le tapis et viennent dans ma chambre. Ils s'agrippent à la courtine du lit. Et puis je les sens près de mon cou, glacés, immobiles.

Lorsque je n'en puis plus d'horreur, je me lève. Je fais jouer des disques. Je m'enivre souvent quoique je hais l'alcool.

Je ne jetterai pas les doigts par la fenêtre. Ils reviendraient. Je ne leur dis rien. Un jour, peut-être, je les brûlerai. Je les détruirai avec des acides.

Je perçois que bientôt il me sera impossible de subir leur présence. Or, ils m'aiment et devinent sans doute ma plus secrète pensée.

N'ont-ils pas, ce matin, encerclé ma gorge avec plus de vigueur?

Andrée Maillet, *le Lendemain n'est pas sans amour,* Montréal, Librairie Beauchemin, 1963, p. 7-19.

CLAUDE MATHIEU

Claude Mathieu naît à Montréal en 1930. Il fait ses études au Collège André-Grasset et au Collège Sainte-Marie. Il obtient une licence ès lettres à l'Université de Montréal en 1957. Il enseigne au Séminaire de Saint-Hyacinthe et au Collège de Saint-Laurent et collabore à diverses revues dont Amérique française, Liaison, la Nouvelle Revue canadienne *et* Incidences.

La Mort exquise et autres nouvelles, *Montréal, le Cercle de France, 1965.*
Simone en déroute *(roman), Montréal, le Cercle du livre de France, 1963.*
Vingt petits écrits ou le mirliton rococo, *Montréal, Éditions le Préau, 1966.*

La Mort exquise

*Le cerveau dans la décomposition fonctionne au-delà de
la mort et ce sont ses rêves qui sont le Paradis.*
Alfred Jarry

Se rappeler le cours des événements devient de
moins en moins possible : l'actuelle joie d'Hermann Klock rayonne avec tant d'autorité qu'elle
rejette dans l'ombre tout ce qui l'a précédée, si extraordinaire et marquant cela fût-il, et ne laisse
plus d'existence à autre chose qu'elle-même. Si-
multanément, elle entrave les efforts de mémoire
qu'Hermann Klock tente encore, mais qu'il ne ten-
tera plus longtemps : il sent que sa joie lui fait oublier peu à peu jusqu'au goût de se souvenir.

A-t-il même jamais porté un nom? Celui du botaniste Hermann Klock? Celui d'Heinrich Schlie-
mann? Ou celui de n'importe qui? Le souvenir de
son nom, ou plutôt son nom lui-même le quitte,
quand le nom *est* peut-être la personne qui le
porte. Ah ! il faut pourtant que le nom ne soit
qu'un signe, il le faut, pour permettre, à ce qui
s'est possiblement appelé Hermann Klock, d'espérer que sans nom il vit encore!

Mais, en fin de compte, cela aussi perd insensi-
blement son importance. Pour lui désormais rien
n'est remarquable, après son bonheur, sinon ce
passé qui s'estompe avec une telle régularité qu'à
brève échéance il finira sûrement par sombrer

corps et biens dans le néant de ce qui n'a jamais existé ; il n'y aura pas non plus d'avenir, mais seulement un présent sans cesse recommencé d'indicible bonheur.

Avant de confier ses dernières bribes à une sorte de brouillard qui les absorbe, le passé s'effiloche et prend l'allure de choses immensément lointaines dans le temps et dans l'espace. Et le cerveau d'Hermann Klock conserve encore juste assez de ses mécanismes habituels pour s'étonner, sans plus, que la nature globale de son expérience se fractionne à l'infini en éléments disparates et étrangers qui appartiennent en même temps à d'autres et à lui ; ou plutôt il devient les autres qui deviennent lui ; son aventure est arrivée à tous ; c'est, par exemple, un légionnaire de Varus qui se penche avec lui sur une fleur germaine et chinoise, c'est le duc de Lauzun qui porte la petite boîte métallique du botaniste. Son aventure, qui a dû pourtant être très précise et précéder de peu la joie présente, se désagrège et diffuse ses éléments aux quatre points de la pensée et du monde en faisant de lui, Hermann Klock, tous et tout, partout en même temps.

Parfois, dans un reste de perception personnelle rapide comme une flèche, il lui revient, non pas l'image, mais l'odeur humide d'une forêt tropicale peuplée de bruits et de pénombre ; il revoit un instant l'envol des voûtes végétales d'où pendent des lianes qui accrochent leurs festons aux chapiteaux des verdures. Mais était-ce en Afrique ou en Asie? En Allemagne ou au Brésil? Le souvenir se perd à

160

peine entrevu. Était-ce bien lui, Hermann Klock, botaniste d'Heidelberg, qui se frayait un passage dans cette forêt avec son matériel scientifique? D'abord, portait-il le prénom d'Hermann et le nom de Klock? Était-ce bien lui qui voulait étudier sur place la *Carnivora Breitmannia* découverte par Breitmann, son vénéré maître disparu en mission? Était-ce lui ou un autre? Ou bien personne? S'agissait-il vraiment de la *Carnivora Breitmannia?* D'ailleurs existait-elle seulement? Comment être certain qu'elle avait été découverte, et par Breitmann? Qui était ce Breitmann? L'avait-il eu pour maître et l'avait-il vénéré? Et lui, dans la mesure où il est, était, avait été le botaniste Hermann Klock, était-ce bien sur place qu'il voulait étudier la *Breitmannia?* Voulait-il l'étudier ou tout simplement s'en faire un bouquet? La fleur du reste poussait-elle dans cette forêt, et Klock l'y trouva-t-il? Si jamais, évidemment, la *Carnivora Breitmannia* a existé, ne serait-ce qu'un tout petit instant, et a été découverte par Breitmann... si Breitmann a existé, a été botaniste... si un nommé Hermann Klock a existé lui aussi, a été botaniste, a connu Breitmann et ensuite la *Breitmannia...* si celle-ci a jamais existé, ne serait-ce qu'un tout petit instant, et a été découverte par Breitmann...

En vérité, la réalisation de tant de conditions, au même moment de l'histoire, apparaît bien improbable.

Son cerveau fabrique maintenant des notions inhabituelles dont la bienheureuse évidence chasse peu à peu, par le doute, puis par la négation, les images d'auparavant.

Soudain, pour l'ultime fois, il est donné à Hermann Klock de se revoir, avec une déchirante précision qui ranime d'un seul coup les souvenirs de sa vie antérieure, il est donné à Hermann Klock de se revoir, un instant penché sur un splendide spécimen de *Carnivora Breitmannia*. (Les revues savantes ont abondamment décrit, vers 1935, lors de sa découverte en Amazonie par Breitmann, cette fleur dont la corolle au repos ressemble à un globe rosâtre, fendue en son milieu, mais non pas jusqu'aux sépales ; au sommet, les lèvres de la fente ne s'appliquent pas étroitement l'une sur l'autre et ménagent ainsi un espace, comblé par des friselis légers et sensibles, d'un rouge ardent, semblables à de minces crêtes de coq plissées, et où se dressent huit antennes comparables aux barbes des félins.)

Le spécimen qui arrêtait Hermann Klock était admirable de dimension, et même de texture, selon ce que la vue pouvait sentir seule, sans le secours du toucher qui eût pu être dangereux ; mais son coloris surtout l'emportait sur le rose fade de la *Breitmannia* ordinaire; elle montrait un rose soutenu, par endroits assez proche du rouge de la viande, et qui devenait, près des friselis, d'un pourpre violacé à reflets noirs.

L'enthousiasme s'emparait d'Hermann Klock. Était-ce là une variété inconnue à ce jour et qu'il pourrait révéler au monde sous le nom de *Carnivora Breitmannia Klockiana*?

Il chercha fiévreusement dans l'humus un insecte pour s'en servir comme appât ; il se vissa dans l'œil une petite lorgnette de bijoutier qu'il avait toujours sous la main dans sa boîte métallique. Attentif au plus haut point, l'œil en alerte pour observer l'intérieur de la corolle au moment où elle s'ouvrirait, il approcha l'insecte des antennes.

Que se passa-t-il? Il n'en sait plus trop rien. Si, il commence à se souvenir. Peut-être. Un peu. Toutefois, dans sa mémoire qui se liquéfie, cela semble s'être déroulé, non pas à un seul endroit et brièvement, mais pendant des siècles à l'époque Ming, dans la Colonia Agrippina, aux Îles Fortunées, concurremment et successivement.

Un grand bruit l'a d'abord fait sursauter sans pour autant que son œil quittât sa lorgnette; celle-ci lui montra, grossi une cinquantaine de fois, un gouffre rouge et duveteux, maintenu par des arcs-boutants d'une glu jaunâtre, tapissé de pustules et d'excroissances charnues semblables à des stalagtites et à des stalagmites. D'étonnement, Hermann Klock oublia de payer le prix d'un tel spectacle et laissa tomber son appât par terre; mais son œil fasciné ne quittait pas la caverne restée ouverte d'attente, ni, au fond, le trou noir qui communiquait avec les mondes souterrains.

Chose curieuse, il se rappelle tout à coup, maintenant que l'exercice de sa mémoire est pourtant si difficile, une réflexion que son esprit avait alors à peine eu le temps de se formuler:

— Par mon bout de lorgnette, je *la* regarde, grossie cinquante fois, et on dirait que, par l'autre bout, elle *me* regarde, rapetissé d'autant...

Le bruit sec qui éclata à ce moment comme une détonation, et la lumière qui creva le feuillage avec une force et une soudaineté telles qu'elles rappelaient l'éblouissement de l'éclair, lui firent cette fois-ci perdre pied (peut-être). À moins qu'il ne se fût lui-même laissé aller? À moins qu'il ne fût poussé, tiré, happé? Comment savoir? Et d'ailleurs cela l'intéresse si peu maintenant, cela tombe à jamais dans un doute, dans une négation insondables.

* * *

La mort (ou la vie) n'est plus qu'un instant éternel des plus intimes délices. Plus rien n'existe désormais sinon de voguer ici, à l'intérieur, sur des ondes sirupeuses, au gré des spasmes et des stalagmites flexibles qui gouvernent Hermann Klock, le malaxent, le lèchent, le liquéfient, le digèrent, l'épuisent de caresses qui atteignent jusqu'à l'âme. Dans sa dérive, il macère et se décompose. La glu qui l'environne et le pénètre va le faire à sa ressemblance ; il va devenir cette pénombre visqueuse allégée parfois des lueurs qui traversent les parois; (de celle-ci on distingue les fortes nervures et, au-delà, à travers une sorte de voile, on pressent des choses vagues un instant familières...).

Alors un chant s'élève, vertigineux, et c'est du bonheur qui se fait chant sans toutefois cesser d'être silence. La joie se répand en ondes mélodieuses, là-bas, ici, partout où roule mollement ce qui ressemble encore un peu à Breitmann, au maître achevant de se quitter, et qui ressemble plus à une masse d'harmonie en route pour le gouffre noir, pour l'entrée de la Terre-Mère où grondent les sèves millénaires.

De ce qui fut Hermann Klock s'élève aussi le même chant, le même triomphe; et ce qui fut Hermann Klock devient à jamais le chant des bienheureux.

Claude Mathieu, *la Mort exquise,* Montréal, le Cercle du livre de France, 1965, p. 7-19.

L'Auteur du "Temps d'aimer"

Je n'ai pas l'habitude de collaborer à la presse littéraire et la littérature n'est pas ma profession. Je me contente d'employer le rare loisir que me laisse la pratique de la médecine à aimer les écrivains et leurs livres. Toutefois, à cause de l'amitié qui m'a uni à Jean Gautier, à cause des découvertes que j'ai pu faire récemment sur sa courte carrière, j'ai cru devoir écrire quelques lignes et demander avec insistance au *Journal des lettres* de les publier in extenso pour réparer un peu le tort qu'il a causé à l'auteur du *Temps d'aimer*. En effet, j'ai la conviction de pouvoir laver le souvenir de Jean Gautier des ordures dont on a sali l'écrivain peu de temps avant sa mort. On voudra donc excuser la naïveté et la modestie de ma prose et ne porter attention qu'au rétablissement de la vérité, offerte ici sans aucun fard littéraire.

Il y a trois mois aujourd'hui que l'auteur du *Temps d'aimer* n'est plus. On a peut-être déjà oublié ce triste anniversaire, de même que les faits qui ont provoqué la mort de Gautier: les journaux et leurs lecteurs ont d'ordinaire la mémoire bien courte, et l'actualité vieillit vite. Qu'importe que des faussetés interrompent une carrière, détruisent une vie, provoquent la mort; qu'importe la vérité et l'erreur d'un jour, puisque le lendemain tout ça retombe dans le néant. Ce qui compte, c'est d'offrir à l'appétit d'un public insatiable des nouvelles choc, comme on dit aujourd'hui, et les derniers scandales; et quand la moisson est maigre, on en invente sans scrupule. Si, le lendemain, le lecteur a déjà oublié les ragots de la veille, la victime, elle, ne les oublie pas. Jean Gautier a été victime de la presse à sensation, et il n'a pu oublier ce qu'on a écrit sur lui.

J'ai fréquenté Gautier pendant vingt-quatre ans, de sa première année d'université, où nous nous sommes connus, jusqu'à sa mort, il y a trois mois. Nous avions tous les deux vingt ans, nous en avons, j'en ai aujourd'hui quarante-quatre. Je prétends tout savoir de lui, dans la mesure où l'on peut pénétrer le secret d'une âme. C'est sous mes yeux qu'il a construit son oeuvre, avec l'honnêteté, quoi qu'on dise, et avec la ténacité du bon ouvrier des lettres. Il ne s'est jamais cru du génie, personne, non plus, ne lui en a jamais attribué. Il ne s'accordait que du talent, qu'une certaine facilité d'invention disciplinée par une louable patience littéraire; il s'est souvent décerné devant moi le titre d'homme de lettres, sans enlever à l'expression la légère nuance péjorative qu'elle comporte de nos jours. Mais la conscience de ses limites ne l'a pas empêché de publier en vingt ans, outre cette suite poétique responsable du scandale, un recueil de nouvelles et sept romans, œuvres qu'ont suivies des lecteurs assez peu nombreux sans doute mais fidèles. Gautier ne m'a jamais dit comment il s'expliquait la constance de cet attachement. À mon sens, ses livres n'étaient pas, je l'avoue, de ces livres secrets et difficiles qui se conquièrent un public restreint et entêté; limpides, au contraire, un peu désuets, ils plaisaient, je pense, à une catégorie de lecteurs composée surtout de femmes; les unes, d'un certain âge, retrouvaient dans les romans de Gautier les élégances d'un passé dont elles déploraient la disparition; les autres, plus jeunes, y puisaient l'oubli de leur bureau ou de leur atelier. Gautier, qui ne s'est jamais leurré sur la durée de ses ouvrages, me dit un jour, sans amertume, avec une humble sérénité:

— Il me suffit de savoir que, avec chacun de mes livres, je rends aujourd'hui cinq mille personnes heureuses pendant quelques heures.

C'est donc entouré du demi-silence de la presse littéraire et pourtant sûr de ses lecteurs que Jean Gautier a vécu et écrit jusqu'à ce que, il y a quatre mois, les journaux se missent tout à coup à ne parler que de lui, mais pour le perdre, prétextant leur souci de la vérité avec une bonne foi que je m'efforce de ne pas suspecter. Il est cependant une sorte de bonne foi qui blesse à jamais, et certaines interprétations qui tuent.

Quelques lecteurs se souviennent peut-être que l'affaire tient en quelques mots. Gautier venait de publier une plaquette contenant un poème de quatre cent deux alexandrins intitulé assez simplement *Le Temps d'aimer*. On fut surpris que le romancier, à quarante-quatre ans, publiât pour la première fois des vers; et, même si les poèmes ont la réputation de se vendre moins vite que les romans, *Le Temps d'aimer* s'écoulait, sans tapage ni réclame, avec la même régularité que les autres livres de Gautier.

Mais soudain les journaux — et le *Journal des lettres* où je publie ces lignes fut le premier à lancer les hauts cris — font éclater un scandale à propos du *Temps d'aimer*. J'avoue que l'affaire semblait de taille et que, malgré mon amitié, j'en fus un moment ébranlé. Je passe sous silence les manchettes injurieuses et le ton bas de plusieurs articles pour ne retenir que l'accusation: *Le Temps d'aimer* reproduisait mot pour mot un poème publié sous le même titre, à Marseille, en 1844, par un écrivain du nom d'Adolphe Rochet. Le journaliste qui alerta l'opinion avait trouvé à la Bibliothèque municipale l'ouvrage de Rochet; il en donnait la cote et la description détaillée; il en citait des passages qui étaient en même temps des passages de Gautier. «Je m'abstiens de citer davantage, ajoutait le journaliste, puisque tout, jusqu'à la ponctuation, est identique.»

Gautier n'avait pas l'habitude de répondre aux quelques critiques qui s'occupaient de lui, même quand ils le malmenaient. Mais cette fois-ci, son honneur étant en jeu, il se crut obligé de le faire, et par l'intermédiaire du *Journal des lettres*. Il eut beau affirmer qu'il n'avait jamais connu l'existence de Rochet, il eut beau dénoncer dans cette affaire une odieuse machination, loin de le disculper, sa protestation le couvrit de ridicule. La présence — qui fut vérifiée — du livre de Rochet sur les rayons de la Bibliothèque municipale faisait tomber la possibilité d'un coup monté. Et l'on répandit que Gautier n'avait pu commettre son plagiat qu'en comptant sur une impunité d'autant plus certaine que le plagié était plus parfaitement inconnu. Un critique remontra, sur le ton tranchant du lettré qui possède bien ses petits auteurs: «Mais, Monsieur Gautier, il y a toujours quelqu'un qui connaît les écrivains inconnus.» Je me permettrai de faire remarquer que ce n'était justement pas ce journaliste qui avait découvert l'ouvrage de Rochet.

Dans la protestation de Gautier, on s'accorda à discerner de la panique, qu'on monta en épingle et qu'on mit sur le compte du dépit d'avoir été percé à jour. Jean était en effet atterré. On l'aurait été à moins. Son éditeur se trouvait dans une situation embarrassante. Les tribunaux allaient s'emparer de l'affaire.

Ami et médecin de Gautier, c'est à moi que la concierge de l'immeuble annonça en premier lieu le suicide de l'écrivain. Je sautai dans ma voiture. C'était un beau jour de printemps où l'on s'imagine mal que le goût de la mort puisse prendre le pas sur celui de la vie. Il était trop tard. Il était mort depuis plusieurs heures. Il s'était asphyxié au gaz. Il était emmitouflé dans un peignoir, étendu sur son lit et, ce qui m'étonna, entouré de journaux.

* * *

Je l'ai dit, les révélations de la presse m'avaient

171

beaucoup secoué moi aussi. Mais mon amitié, de même que la scrupuleuse honnêteté que j'avais toujours connue à Jean, m'avait empêché de croire à la possibilité d'un plagiat. Du reste, n'avais-je pas souvent vu Gautier écrire devant moi à l'époque où il travaillait justement au *Temps d'aimer*? Ce poème, il l'a écrit dans ma maison des Laurentides où il passa, avec ma femme et avec moi, plusieurs semaines; il l'a écrit sous nos yeux. Parfois, il est vrai, la facilité de Jean m'avait étonné, facilité qui avait aussi présidé, m'affirma-t-il, à l'élaboration de ses romans. Il me dit à cette occasion, je m'en souviens, qu'il portait longtemps ses oeuvres en lui où elles se composaient, et qu'il ne lui restait plus ensuite que le travail assez long de les écrire et de les resserrer.

J'étais incapable de croire que mon ami ait pu apprendre par coeur le poème de Rochet et me jouer la comédie de le récrire devant moi, de façon à se préparer en ma personne un témoin de sa création littéraire au cas où, plus tard, il devrait faire face à une accusation de plagiat. L'amitié ne me dicta pas seule cette certitude, mais les faits: après le scandale, jamais Gautier ne commit la moindre allusion à la possibilité de mon témoignage; et son silence n'était pas celui de qui attendrait que l'autre s'avançât, mais celui de qui aurait complètement oublié.

Dans le mois qui s'est écoulé entre la révélation des journaux et le suicide, j'ai longuement cherché une solution autre que le plagiat. En fait, je ne l'ai

172

trouvée qu'un peu plus d'une semaine après la mort de Gautier.

* * *

Avant qu'on remît à sa famille les papiers de Jean, il me fut permis d'étudier le manuscrit du *Temps d'aimer* et de le comparer au livre de Rochet que j'empruntai à la Municipale. Avec surprise, je constatai que toutes les ratures, que toutes les corrections de Gautier tendaient inexorablement à conformer de plus en plus son texte à celui de Rochet; partant parfois de très loin, la pensée et son expression se rapprochaient peu à peu de celles de Rochet; les mots et la ponctuation étaient malaxés, biffés et remplacés pour finir par être ceux de Rochet. En somme c'était avec effort que le texte de Gautier en était arrivé à l'identité avec celui du Marseillais. Ce phénomène curieux me confirma dans mon opinion qu'il ne s'agissait pas de plagiat. Mais de quoi s'agissait-il?

En outre, je ne réussissais pas à m'expliquer l'abondance de journaux sur le lit mortuaire. Pourquoi Gautier les avait-il consultés en si grand nombre la veille et le jour même de sa mort? On ne parlait plus du plagiat depuis deux semaines. Il fallait que Gautier attendît autre chose et qu'il n'eût pas supporté son attente. Il me sembla évident que le prétendu plagiat n'avait pas été la seule raison du suicide.

Pendant toute une semaine, je me suis livré à des recherches dans les fichiers des bibliothèques de Montréal, de Québec, d'Ottawa; aucune bibliothèque de collège ou d'université, aucune bibliothèque publique (non plus que la bibliothèque personnelle de Gautier, évidemment) ne possédait des ouvrages de Rochet, sinon la Municipale de Montréal. Le fichier de celle-ci m'apprit par la même occasion que Rochet avait écrit sept romans, un recueil de nouvelles et une suite poétique qui portaient tous les mêmes titres que les livres de Gautier. Je demandai les ouvrages de Rochet et ceux de Jean: le même texte se trouvait aux pages correspondantes des deux auteurs.

Je tremblais d'étonnement en constatant ce que les journaux auraient appelé «l'étendue du plagiat». Mais comment n'avaient-ils pas annoncé au public la similitude de *tous* les livres de Rochet et de Gautier? En examinant le début du *Temps d'aimer*, je pus répondre à ma question: il n'y avait pas de liste des ouvrages du même auteur au début du livre; le journaliste qui avait le premier parlé de plagiat avait dû repérer le livre de Rochet par la fiche-titre, non pas par la fiche-auteur.

Je retournai de tout côté les livres de Rochet. La garde de chacun était revêtue d'une note attestant que ces ouvrages avaient été offerts à la Municipale par les héritiers du docteur Raymond Santerre; du reste, chacun portait une amicale dédicace de l'auteur au médecin. Puis je dépouillai, ce qui ne fut pas long, la fiche de prêt qui se trouve collée aux dernières pages de chaque livre. J'appris que les oeuvres de Rochet, depuis qu'elles avaient été léguées à la Municipale, en 1864, n'avaient été empruntées qu'une fois, sauf *Le Temps d'aimer* qui l'avait été trois fois: d'abord par l'abonné 11.292, le 4 avril 1944, c'est-à-dire deux jours avant le premier article sur le plagiat: l'identité du 11.292 se confondait donc sans doute avec celle du journaliste; ensuite par moi, le 6 mai 1944, pour le comparer, comme je l'ai déjà dit, au manuscrit de Gautier. Quant au troisième lecteur, il avait emprunté tous les ouvrages de Rochet, y compris *Le Temps d'aimer*, le 2 mai 1944, l'avant-veille exactement du suicide de Gautier. Il portait le numéro 10.824.

La bibliothécaire à qui je demandai l'identité du 10.824 ne me vit pas pâlir à mesure qu'elle tournait les pages de son registre; certain de ce qu'elle allait me répondre, je souhaitais qu'elle ne finît jamais sa recherche. Elle s'arrêta à une page, hésita; elle parcourut du doigt des colonnes de numéros accompagnés des noms et d'adresses, puis:

— Voilà, dit-elle, c'est M. Jean Gautier.

Espérant encore l'impossible, j'allai jusqu'à demander son adresse. C'était bien celle de Jean.

L'avant-veille de son suicide, il avait donc, pour la première fois, consulté tous les ouvrages de Rochet, constaté leur identité avec les siens et n'avait pu survivre à cette découverte.

Quant à l'extraodinaire rencontre entre les deux séries d'ouvrages, elle me fut expliquée le même jour — si l'on peut parler ici d'explication — lorsque je me mis à chercher, dans la salle des dictionnaires de la Municipale, des renseignements sur la personne de Rochet.

Ma découverte me troubla, et me trouble encore, jusqu'à un point que je ne saurais exprimer. Ainsi donc... Était-ce possible? Que s'était-il passé avant Jean Gautier? Et que se passera-t-il après lui? Le temps ne serait-il qu'une maladie de notre cerveau trop infirme et borné pour pouvoir saisir le monde sans le découper en tranches successives? Ou la vie ne serait-elle qu'une anaphore sans fin?

Le Père Boismenu, au tome V, page 809, de son célèbre *Trésor des biographies françaises* (1890), écrit :

«ROCHET, Joseph-Marie-Adolphe, né à Marseille en 1800, auteur de nouvelles et de romans estimables (*L'Antiquaire*, 1824, *L'Amour en automne*, 1828, *Hécate et son cortège*, 1832, *Fidélité*, 1834, *Les Jardins de Murcie*, 1836, *Delphine de Rochelonde*, 1839, *L'Amazone de la Via Veneto*, 1841, *Adieux à Tullia*, 1843), s'est donné la mort dans sa ville natale, le 4 mai 1844, après une obscure accusation de plagiat dans *Le Temps d'aimer*, suite poétique qu'il venait de publier.»

Docteur Roger-Louis Larocque

Note de l'éditeur. — Le 20 septembre 1964, le *Courrier des bibliothèques*, page 8, publiait le communiqué suivant:

Animés d'une générosité qui les honore, les héritiers du regretté docteur Roger-Louis Larocque viennent de léguer à la Municipale de Montréal la bibliothèque et les manuscrits du défunt. On sait que le docteur Larocque, lié avec tout ce que notre ville compte d'écrivains, possédait une très belle collection d'autographes et d'éditions originales dédicacées. Lecteurs et chercheurs se réjouiront que ce trésor n'ait pas été dispersé; il se trouvera à leur disposition dès que l'inventaire et le classement en seront terminés.

Claude Mathieu, *la Mort exquise,* Montréal, le Cercle du livre de France, 1965, p. 93-107.

DANIEL SERNINE

Daniel Sernine naît à Montréal en 1956. Il obtient un baccalauréat en histoire (1975) et une maîtrise en bibliothéconomie (1977) de l'Université de Montréal. Il travaille à la Bibliothèque nationale du Québec, est lecteur aux Éditions Paulines et à la Courte Échelle et membre du comité de rédaction de la revue Solaris. *Il collabore aux revues* Espace-Temps, Antarès *(France),* la Nouvelle Barre du jour *et* Requiem/Solaris. *Il obtient le Prix Dagon en 1977, le Prix Solaris en 1982 et le Prix littérature jeunesse du Conseil des Arts du Canada en 1984. Il se consacre presque exclusivement à l'écriture de récits fantastiques et de science-fiction.*

Les Contes de l'ombre, *Montréal, Presses Sélect, 1979.*

Légendes du vieux manoir, *Montréal, Presses Sélect, 1979.*

Organisation Argus *(roman pour jeunes), Montréal, Éditions Paulines, 1979.*

Le Trésor du scorpion *(roman pour jeunes), Montréal, Éditions Paulines, 1980.*

Le Vieil Homme et l'espace *(nouvelles), Longueuil, Éditions le Préambule, 1981.*

L'Épée Arhapal *(roman pour jeunes), Montréal, Éditions Paulines, 1981.*

La Cité inconnue *(roman pour jeunes), Montréal, Éditions Paulines, 1982.*

Argus intervient *(roman pour jeunes), Montréal, Éditions Paulines, 1983.*

Les Méandres du temps *(roman), Longueuil, Éditions le Préambule, 1983.*

Ludovic *(roman), Montréal, Éditions Pierre Tisseyre, 1983.*

Quand vient la nuit *(contes)*, *Longueuil, Le Préambule,*
1983.
Le Cercle violet *(roman), Montréal, Pierre Tisseyre, 1984.*
Les Envoûtements *(roman), Montréal, Éditions Paulines,*
1985.

Belphéron

La taverne «du Corsaire», sise au port de Neubourg, a été ainsi nommée en mémoire du
deuxième baron de Neubourg et Granverger, un
seigneur qui, avant de se retirer sur les terres de
son père, fut un corsaire redouté, dans la première moitié du XVIIe siècle. La légende raconte
qu'il rapporta, du pillage de galions espagnols
dans la mer des Antilles, un trésor fabuleux.

Pour l'heure, il faisait déjà sombre dans la salle
enfumée du Corsaire, car le temps avait été gris
toute la journée, et le précoce crépuscule d'automne répandait son ombre dans le quartier du
port. Installé à une petite table, j'écoutais mon ami
Valdec, un marinier d'âge mûr, costaud, avec le visage large encadré d'une barbe poivre et sel. Je dis
«mon ami» car je crois qu'il m'honore de quelque
sympathie; en tous cas, il me raconte des épisodes
de sa vie que peu de gens connaissent.

«...il erre dans le golfe», me disait-il, «et ce n'est
pas une légende. Moi je l'ai déjà vu, trois fois. La
première, j'étais moussaillon sur la *Marie-des Iles*.
C'était un jour de temps calme et de brouillard
épais. Le navire avançait à peine et on ne voyait pas
à une encâblure. Nous étions tous sur le pont; l'angoisse régnait comme si nous attendions un danger imminent. Alors, tout à coup, sans qu'on l'ait
entendu approcher, nous l'avons vu passer, à

quelques brasses devant notre proue, presque à portée de gaffe. Il n'avait ni fanaux, ni cloche de brume. Notre pilote n'eut même pas le temps de virer pour l'éviter, tant il passait vite. Nous avons frôlé sa poupe; il était haut comme une forteresse, toutes voiles dehors, comme poussé par un grand vent. Mais désert: pas une âme à bord. Ce qui nous effraya le plus, ce fut le silence: pas une voix, pas un son, pas un grincement, pas un craquement, même pas le bruit de l'étrave fendant l'eau. Nous ne l'avons vu qu'un instant: le temps de surgir du brouillard, de défiler devant nous, et de disparaître aussitôt dans la brume.»

«Je l'ai aperçu une autre fois, un soir de tempête, à la lueur d'un éclair, démesuré, dressé au sommet d'une vague gigantesque, sur le point de sombrer dans l'abîme. Je fus sans doute le seul à le voir ce soir-là. C'était à bord de l'*Écume*; nous étions tous occupés à la manœuvre, aveuglés par la pluie, et c'est par hasard que j'avais les yeux tournés dans cette direction au moment de l'éclair.»

«Et je l'ai revu encore une fois, durant un quart de veille sur l'*Atlante*. Le vent était froid, le ciel clair et limpide, la lune brillante. J'étais à la barre quand je l'ai aperçu, à quelques encâblures à tribord: il voguait à grande vitesse, toutes voiles gonflées, mais contre le vent. Il était immense et silencieux, sans personne à bord. Et il semblait flotter au-dessus des vagues, car il ne tanguait pas: il glissait, comme sur un nuage. Et puis, il était transparent tel une vapeur, immatériel, un spectre. Je voyais les reflets de la lune sur la mer tamisés à travers sa coque...»

Valdec, qui me racontait ces histoires de vaisseau-fantôme, avait une certaine culture, ce qui n'était pas courant chez les loups de mer de son espèce. Il avait quitté l'école sur le tard et n'avait jamais perdu le goût pour la lecture. Toutefois il n'était pas doué pour la composition, aussi me disait-il souvent:

— Toi qui es écrivain...

— Oh, si peu! répliquais-je.

— ...tu devrais faire un livre des histoires que je te raconte. Comme ça je n'aurais pas gaspillé ma salive pour rien.

— Alors, narrez-moi encore le naufrage de *l'Atlante*. Il se rembrunit à l'évocation de cette catastrophe.

— Je te l'ai déjà conté deux fois! Il n'avait pas coutume de se faire prier pour me relater ses aventures, mais celle de *l'Atlante* était plus difficile à obtenir de lui. On eut dit qu'elle réveillait en Valdec d'anciennes frayeurs qu'il préférait laisser dormir. Cependant je le gagnai à mes désirs, et c'est ce qui me permet de rapporter ici les circonstances qui ont précédé cette fameuse tragédie de la goélette *Atlante*

* * *

Cela avait commencé un jour d'automne, vers la fin de l'après-midi. Valdec était attablé, seul, dans la salle du Corsaire; un ami avec lequel il avait bu et bavardé durant une heure venait de le quitter. Valdec était second officier à bord de *l'Atlante*. À une table voisine, son capitaine, Folin, conversait avec un personnage d'aspect inquiétant. Folin, tournant le dos à son second, ignorait sa présence. Son mystérieux interlocuteur, que Valdec allait plus tard désigner comme l'«homme sombre», était grand et sec, d'apparence vigoureuse. Il avait le visage maigre et anguleux, avec des cheveux noirs et une courte barbe en collier, où se mêlaient quelques poils gris. Le nez surmontait une bouche mince comme une coupure, sans moustache. Et des yeux... des yeux sombres, cernés d'ombre, un regard ardent sous des sourcils perpétuellement froncés, ce qui lui donnait en permanence une expression sinistre, voire méchante. Il pouvait aussi bien avoir quarante ans que soixante.

Le capitaine Folin et l'homme sombre ne parlaient pas fort; du reste, Valdec n'avait nulle intention d'épier leur conversation. Il finissait sa chope pour partir bientôt.

À ce moment, un coupé noir s'arrêta dans la rue en face de la taverne, juste devant la fenêtre près de laquelle Valdec était assis. Les rideaux de la voiture étaient tirés, mais la portière s'ouvrit pour livrer passage à un homme qui descendait, et Valdec entrevit une femme assise, affalée plutôt, au fond de la banquette.

Le passager descendu de la voiture entra dans la taverne. Il était maigre, avec un visage osseux, un teint jaune, des cheveux roux pendant en mèches chétives, et une mine chafouine. Faisant des yeux le tour de la salle, il repéra l'homme sombre attablé devant le capitaine Folin et se dirigea vers lui.

— La personne est dans votre voiture, dit-il tout bas à l'homme sombre après avoir jeté un coup d'oeil soupçonneux à Folin.

— Sa santé est bonne, Vanasse?

L'homme au visage sournois hésita avant de répondre:

— Elle... elle se plaint de trop dormir, ces temps-ci.

— Très bien! fit l'homme sombre en esquissant un sourire de loup.

Et il se leva pour prendre congé de Folin.

— Capitaine, je suis bien aise de vous avoir rencontré.

— Moi de même, monsieur Davard. Nous appareillons demain à l'aube, quai de la Tourelle.

— J'y serai avec mon bagage et la somme convenue.

Ils se serrèrent la main, et Davard sortit avec celui qu'il avait appelé Vanasse et qui semblait être son valet ou son cocher. Valdec, qui était tout près de la fenêtre, les vit sur le trottoir.

Les deux chevaux de la voiture étaient tenus par un de ces hommes de sac et de corde qui hantent le port, prêts à louer leurs services pour n'importe quel méfait. Celui-là s'appelait Lebeuf, et Valdec le connaissait bien.

Vanasse glissa un billet à Lebeuf et monta sur le siège du cocher, tandis que l'homme sombre, Davard, ouvrait la portière du coupé. Il eut beau faire vite, Valdec eut le temps d'entrevoir à nouveau la jeune femme affalée sur la banquette. Elle semblait endormie, mais de plus elle était bâillonnée et ligotée.

Déjà, Davard refermait la porte derrière lui mais, si brève qu'ait été la vision, Valdec était sûr de ce qu'il avait aperçu: l'homme sombre qui venait de traiter avec le capitaine Folin était complice ou même responsable de ce qui ressemblait fort à un enlèvement.

Ayant fini sa chope, Valdec sortit de la taverne, pour se heurter sur le trottoir avec Lebeuf.

— Tu viens de gagner un peu d'argent? fit-il en désignant du menton la voiture noire qui s'éloignait.

Les gens qui engageaient des chenapans comme Lebeuf comptaient généralement sur leur discrétion; l'homme sombre et son cocher étaient mal tombés en choisissant Lebeuf car il n'eut aucune réticence à parler de l'affaire.

— Ouais, fit-il, une fille que ces messieurs voulaient enlever.

— Qui est-ce?

— La donzelle? La fille d'un antiquaire, je pense. On l'a cueillie dans Saint-Imnestre.

Il n'en dit pas plus, pressé qu'il était de boire le salaire de son mauvais coup. Valdec n'avait nulle intention de se mêler de cette affaire. Il en avait vu

186

d'autres et savait d'expérience qu'on ne gagne rien à mettre son nez dans les combines d'autrui. Pour l'instant, il se rendait chez une femme qui était un peu sa maîtresse et qui résidait dans le faubourg de Saint-Imnestre. Valdec lui-même était né et avait grandi à Neubourg, et connaissait parfaitement la basse-ville et le faubourg.

Sa dame, prénommée Hortense, habitait rue Hertel, tout près du pont de l'Islet. Valdec approchait de chez Hortense lorsqu'il vit, dans la pénombre grise du crépuscule, une voiture noire déboucher d'une impasse et tourner à vive allure dans la rue Hertel. Dans un fracas de roues et de sabots sur les pavés, elle frôla Valdec. Celui-ci reconnut le coupé venu chercher M. Davard au Corsaire, une demi-heure plus tôt; il identifia aussi le cocher, ce Vanasse à l'air sournois.

Il regarda s'éloigner la voiture, se demandant ce qui pressait tant ces gens. Puis il continua vers sa destination, une maison qui se dressait en face de l'impasse Roberge, d'où justement la voiture noire était sortie. Arrivé devant chez Hortense, Valdec eut la curiosité de jeter un coup d'oeil vers le cul-de-sac.

C'était une venelle étroite et assez courte. La dernière maison sur la gauche était une boutique, dont on apercevait l'enseigne et le fanal; il s'agissait d'un antiquaire, si les souvenirs de Valdec étaient exacts. Cela lui mit au front des rides verticales; perplexe, intrigué, il demanda à Hortense, qui habitait au rez-de-chaussée et venait d'ouvrir ses croisées juste derrière lui:

— La boutique, là-bas, c'est bien celle d'un antiquaire?

— Gustave Philanselme, oui. Horloger et antiquaire, c'est écrit sur l'enseigne.

— Il a une fille?

— Une petite-fille, Mireille, qui est sa filleule. Elle est orpheline depuis son enfance, et elle habite avec lui.

— Elle peut avoir quel âge?

— Oh, c'est une jeune femme, répondit Hortense, qui n'était plus aussi jeune et commençait à s'inquiéter des questions de son marin.

Toujours sur le trottoir, sous la fenêtre de sa dame, Valdec reporta ses regards vers l'impasse. Il voyait en diagonale les vitrines de l'antiquaire, et il lui sembla y apercevoir l'éclat d'un feu. Regardant plus attentivement, il en fut certain: il y avait là-bas un incendie.

— Il y a le feu! Va chercher les pompiers! cria-t-il à Hortense en s'élançant vers le cul-de-sac.

Un jeune homme qui passait par là le suivit dans sa course. Ils furent bientôt devant les vitrines poussiéreuses, où toutes sortes de bibelots étaient mis en montre. Au fond de la vaste boutique on voyait brûler de grandes flammes oranges.

La porte n'était pas verrouillée; Valdec l'ouvrit brusquement et cela fit tinter de petites clochettes. Une fumée âcre l'accueillit et le fit tousser. S'élançant entre les étagères et les tables où s'étalaient

188

lampes, potiches, statuettes et figurines, Valdec découvrit une jeune femme ligotée, bâillonnée. À sa robe puce, à ses cheveux courts et bruns, il reconnut celle qu'il avait entrevue dans la voiture noire; elle gisait inconsciente, affalée sur une table chargée de porcelaines dont beaucoup s'étaient cassées sous elle.

Valdec cria à l'autre homme, qui l'avait suivi, d'emmener la fille. Lui-même, toussant et pleurant, fit un ou deux pas vers un réduit qui s'ouvrait au fond de la salle et qui en était séparé par un comptoir. Ce devait être l'atelier de l'horloger car il y avait un établi et les murs étaient cachés par des étagères chargées de pendules diverses. Une porte s'ouvrait au fond, donnant peut-être sur l'arrière boutique, et c'est là que l'incendie faisait rage.

Les flammes débordaient de l'arrière boutique, hautes et féroces, si brûlantes que Valdec ne put aller plus loin que le comptoir. Il vit sur le plancher de l'atelier un vieillard étendu sur le dos, les pieds dans la porte de l'arrière-boutique; ses chaussures brûlaient et ses pantalons fumaient. Il gisait dans une mare de sang qui grésillait à l'approche des flammes; ses vêtements en étaient imbibés. Il avait au côté du cou une blessure large et béante, noircie, comme s'il avait reçu un coup de feu à bout portant.

Le vieux Philanselme était mort et de toutes façons, Valdec, étouffant et presque aveuglé, fut obligé de retraiter vers la porte. Dans l'air frais du soir, il mit un bon moment à retrouver son souffle, tandis qu'accouraient des badauds.

Il alla se pencher sur la jeune rescapée, qu'on avait déliée, et qu'entouraient quelques curieux. Étendue sur le pavé, elle avait au cou une entaille qui avait saigné un peu mais qui n'avait rien de fatal. Non, ce dont elle était morte, c'était de l'asphyxie, à cause du bâillon qui lui obstruait la bouche ou de la fumée qui s'était propagée dans la boutique.

C'est ainsi que le naufrage de *l'Atlante* eut pour prélude, dans une impasse de Saint-Imnestre, un enlèvement et un meutre aux motifs inexpliqués.

* * *

Le lendemain, Valdec quitta son Hortense avant l'aube, car *l'Atlante* appareillait très tôt. Chemin faisant, il s'interrogeait sur l'homme sombre, ce nommé Davard, qui avait trempé dans l'enlèvement d'une jeune femme, le meurtre de son grand-père l'antiquaire Philanselme et l'incendie de la boutique; peut-être même était-il l'instigateur de tout cela? Et cet homme avait négocié avec le capitaine Folin son passage à bord de *l'Atlante*. Où voulait-il aller, que voulait-il faire?

Le hasard, à nouveau, vint éclairer Valdec. Il longeait un entrepôt, et ses pas allaient le mener sur le quai de la Tourelle, juste devant *l'Atlante*, lorsqu'il aperçut la voiture noire qui s'arrêtait près de l'échelle de coupée. Il étouffa le bruit de ses pas et, parvenu à proximité de la voiture, il s'immobilisa derrière deux barils empilés à l'angle de l'entrepôt.

Vanasse, le cocher à l'air sournois, venait de décharger deux valises qui semblaient assez lourdes, et conversait à voix basse avec son maître, lequel descendait de voiture avec à la main un sac de voyage.

— Est-ce vrai, ce que vous avez laissé entendre au vieux Philanselme? s'enquit-il sur un ton de conspiration.

— À quel propos? demanda sèchement Davard.

— Sur ce que vous entendiez faire avec la bague que vous lui avez prise?

— Bien sûr.

— Alors je n'embarque pas!

— Comment?! s'emporta l'homme sombre, irrité.

— Je ne veux pas être là si vos invocations réussissent. Aucun mortel n'est de taille à affronter ce démon...

— L'Abyssale me donne le pouvoir! répliqua Davard. Me prends- tu pour un apprenti-sorcier?

Il s'interrompit, s'étant rendu compte qu'il avait parlé un peu fort. Valdec ne les entendit plus, et quand, mine de rien, il quitta le coin où il s'était posté et s'avança vers le navire, il vit les deux hommes en train de gravir la passerelle. Vanasse redescendit aussitôt qu'il eut posé sur le pont les deux valises de son maître, et sa hâte avait une allure de fuite.

* * *

Patrice Davard — c'est ainsi qu'il fut présenté à Valdec — n'était pas loquace. Avant même qu'on eût appareillé, dans l'aube grise de ce jour nuageux, il était descendu dans la cabine qui lui avait été assignée dans la dunette. Ses repas devaient être servis chez lui, en vertu de l'accord qu'il avait conclu avec le capitaine Folin, convention dont Valdec ne put savoir grand-chose, hormis qu'elle avait rapporté au commandant une coquette somme.

Il y eut un bon vent ce jour-là, et Valdec fut presque constamment occupé par la manœuvre. À la nuit tombée, le capitaine fit réduire la voilure, et l'*Atlante* n'avança plus que très lentement, car la brise faiblissait.

Ce n'est qu'au souper que Valdec eut l'occasion de converser avec son supérieur. Il n'y alla pas par quatre chemins:

— Qui c'est, ce Davard qu'on a embarqué à Neubourg? Il m'a l'air bien louche.

Tout de suite, Folin se gendarma.

— Il a payé un bon prix, rétorqua-t-il, pour avoir une cabine et pour qu'on ne pose pas de questions.

Sachant ce qu'il savait, Valdec trouva l'affaire encore plus suspecte.

— Que sait-on de lui? C'est peut-être un assassin en fuite. Vous vous attirez des ennuis mon commandant!

192

— J'ai convenu de ne pas me mêler de ses affaires, s'irrita le capitaine. Et de le laisser en paix
quoi qu'il fasse.

— Quoi qu'il fasse? C'est ce qu'il a dit? Il vous a
acheté!

Valdec, qui ne portait pas Folin dans son coeur,
n'avait pas coutume de lui taire ses critiques. Sa
compétence, et l'estime que lui portait l'équipage
en tant que second officier, lui permettaient cette
indépendance. Il ajouta:

— Il paraît que ce bonhomme parle tout seul
dans sa cabine, et dans une langue inconnue.

— Il dit peut-être ses prières! riposta le capitaine, excédé.

— Des prières au diable, oui!

On en resta là pour le moment, et Valdec alla
s'étendre dans sa cabine, pour prendre un peu de
repos avant son quart de nuit.

* * *

Lorsque, après quelques heures de sommeil,
Valdec retourna vers le pont, il décida de passer
devant la cabine du passager suspect. Il vit deux
matelots postés dans la coursive, épiant la voix im-
pressionnante qui venait de derrière la porte; im-
pressionnante par son volume et ses accents: on
eût dit des incantations en une langue barbare.

— Il n'a pas arrêté de se parler tout seul? s'en-
quit le second officier.

— Non, fit l'un des officiers. Et il y a cette odeur...

Un léger arôme d'encens filtrait dans la coursive. Valdec observa le pâle rai de lumière sous la porte, en déduisit que la cabine était peu éclairée. Toutefois on distinguait parfois une brève lueur bleu-vert, assez peu intense, qui passait à intervalles irréguliers.

— Il y a des gars qui s'inquiètent, confia l'autre matelot. Disent que c'est un fou, peut-être un sorcier...

— On va voir ça, décida Valdec.

Il frappa à la porte. La voix s'interrompit, mais Davard ne répondit pas. Le second insista, cognant plus fermement.

— Qu'est-ce que c'est?! demanda sèchement le passager.

— Second officier Valdec.

— J'ai exigé qu'on ne me dérange pas!

— J'ai à vous parler et je ne le ferai pas à travers la porte!

Et comme l'autre ne répondait pas, il ajouta:

— J'ai un passe et je puis entrer sans invitation!

Le battant s'ouvrit brusquement et un Davard furieux se campa dans l'entrebâillement de manière à laisser voir le moins possible l'intérieur de la cabine. Valdec aperçut toutefois, sur une commode à miroir, un antique chandelier à cinq branches garni de cierges noirs probablement parfumés, et un vieux livre ouvert aux pages jaunies couvertes de caractères qu'on eût dit gothiques. Il vit aussi, posé sur le plancher, un petit brasero délicat et bas sur pattes, où brasillait un peu d'encens; il devait y en avoir d'autres dans la pièce car la fumée, bleuâtre et arômatique, était assez dense. Enfin, il crut distinguer, peints en blanc sur les lattes du plancher, deux traits formant pointes, qui pouvaient faire partie d'un dessin plus vaste.

De tout cela, le second n'eut qu'une vision imparfaite, car la chambre était assez peu éclairée.

— Je me plaindrai au capitaine de cette intrusion! proclama le passager.

— Je suis venu vous mettre en garde contre les dangers d'incendie, on sent votre fumée sur tout le navire. J'espère que vous serez prudent avec ces braises et ces bougies.

— Oui, oui! répondit Davard, excédé.

— Autre chose, fit Valdec en bloquant la porte avec son pied. Les marins qui logent près d'ici ont peine à dormir, avec tout ce raffut que vous menez.

— Ceci ne concerne que moi! s'emporta l'homme sombre. J'ai payé assez cher pour ne pas être dérangé!

Le second haussa les épaules. Il n'avait aucun pouvoir de coercition sur le passager, tant que celui-ci ne faisait rien de dangereux. Pour le moment, il était satisfait d'avoir fait sa mise en garde. Avant de se résoudre à partir, Valdec jeta un nouveau coup d'œil au-dessus de l'épaule du passager turbulent. Par le miroir de la commode, il vit d'abord, sur le mur opposé, une grande tapisserie qui avait été tendue sommairement; sur un fond noir,

195

elle représentait une tête démoniaque, vaguement ichtyoïde, cornue, accolée à un corps épais couvert d'écailles sombres et muni de nageoires. Le second officier eut un frisson en apercevant cette image.

Mais ce qui retint surtout son attention, ce fut un objet que Davard avait posé sur une table qu'on ne pouvait voir directement de la porte. C'était une bague argentée portant une grosse pierre sphérique, taillée en dizaines de facettes, vertes, bleues et mauves. Le joyau luisait, non d'un reflet incident comme il en naît dans les turquoises et les améthystes, mais d'une lueur propre, peu intense mais indéniable.

Valdec songea aussitôt aux propos qu'il avait surpris ce matin, et il ne voulut pas perdre l'occasion de faire sentir à cet exécrable individu qu'il n'était pas à l'abri de toute surveillance.

— C'est une bien belle bague que vous avez là, fit-il sur un ton ironique nuancé de menace. L'antiquaire Philanselme n'a pas dû s'en départir de bon gré...

Et il ferma la porte devant un Davard médusé, devenu livide en une seconde. Le second officier rejoignit à un angle de la coursive les matelots, qui s'étaient éloignés, et les invita à retourner à leurs quartiers. Il était plutôt fier de son coup.

* * *

Vers quatre heures de la nuit, Valdec était à la

barre. Le vent était faible, agitant mollement les voiles; l'*Atlante* avançait à peine, ce qui était voulu car on n'y voyait guère. Le ciel était dégagé, mais les étoiles et la lune, réduite à un très mince croissant, dispensaient peu de lumière. À cet endroit, l'estuaire avait trente milles de large, et on était à environ cinq milles de la rive sud; le phare du Cap Fantôme était parfaitement visible par tribord avant.

La roue du gouvernail était sur le gaillard arrière, devant la dunette. Valdec entendait donc parfaitement la voix de Davard, qui avait repris ses incantations peu après sa visite et n'avait cessé depuis. Le second officier était inquiet, troublé par la bague qu'il avait aperçue chez Davard et qui était douée de propriétés pas naturelles. Il était tourmenté surtout par la tapisserie qu'il avait entrevue dans la cabine enfumée, l'image d'un démon qui l'avait sinistrement impressionné bien qu'il ne fût pas particulièrement émotif.

À un certain moment, les matelots, énervés par le sabbat que menait Davard, vinrent chercher Valdec. Il céda la barre à l'un d'eux et entra dans le château arrière. Cette fois, une douzaine d'hommes étaient dans le couloir, chuchotant leur inquiétude devant ces litanies qui sentaient la sorcellerie.

— Regardez, firent-ils en désignant le rai de lumière encadrant la porte.

La cabine devait être brillamment illuminée; l'éclairage était mobile, comme si on déplaçait constamment sa source. De plus, il fluctuait, devenant plus intense par moments, tel un feu qu'on attise, et changeant de couleur pour passer du vert au turquoise, du bleu au mauve. Le second eut la certitude que cela provenait de la bague magique qu'il avait aperçue. L'odeur d'encens imprégnait toute la coursive et la voix de l'homme sombre résonnait à travers la cloison.

— C'est un sorcier! chuchotaient les hommes. Il faut le jeter à la mer!

— Allez chercher le capitaine! ordonna Valdec.

Résolu à interrompre ces diableries, le second officier alla cogner à la porte du sorcier.

— Davard! tonna-t-il. Cessez ce manège et ouvrez la porte!

Mais la voix redoutable ne fit même pas une pause, comme si l'homme sombre n'entendait pas les protestations qu'il suscitait. Les matelots et même Valdec s'alarmaient: quels démons pouvaient surgir à l'appel du sorcier?

Le second prit sur lui d'ouvrir la porte. Mais il n'y parvint pas, bien qu'il eût un passe-partout: le battant avait été barricadé, sans doute à l'aide de meubles. Au capitaine qui arrivait en colère, il recommanda:

— Il faut enfoncer la porte et mettre cet homme aux arrêts!

— De quoi vous mêlez-vous, Valdec! éclata son supérieur. Cet homme a le droit de gueuler si ça lui chante, il a payé pour être laissé en paix!

Les matelots émirent des grondements de protestation.

— Les hommes pensent que c'est un sorcier, déclara le second.

— Balivernes!

— En tout cas, c'est un assassin! déclara Valdec.

Et au capitaine momentanément pris de court, il expliqua:

— Cet individu a fait enlever une jeune femme hier après-midi. Puis dans la soirée, il a assassiné un commerçant, un antiquaire de Saint-Imnestre, présumément pour lui voler un bijou, et a incendié sa boutique. La jeune femme est morte aussi.

— D'où tenez-vous ces histoires? s'irrita Folin tandis que les incantations du sorcier se poursuivaient.

Mais Valdec ne répondit pas, son attention soudainement attirée par le tangage qui s'emparait du navire.

— Au lieu de dire des âneries, ordonna le capitaine, allez donc voir à la manœuvre, le vent se lève!

Bientôt tous furent sur le pont, intrigués par cette houle venue si subitement. L'angoisse de tantôt fit place à la frayeur: aucun souffle de vent ne troublait l'air limpide, et pourtant la surface du fleuve était agitée de vagues assez hautes. Quelques hommes firent le signe de croix.

Penché sur la rambarde, Valdec tentait d'analyser ce phénomène. En contrebas du château arrière, l'eau troublée s'illuminait des reflets bleus et verts, venant des deux sabords de la cabine où Davard s'époumonait. C'est à ce moment que le second officier entendit clairement le sorcier prononcer deux fois: «Belphéron!» «Belphéron!». Alors Valdec se redressa, pâle et saisi.

— Faites mettre les chaloupes à la mer! dit-il au capitaine d'une voix forte qui trahissait l'angoisse.

— Quoi?!

— Il faut quitter le navire, s'il n'est pas déjà trop tard! Ce sorcier appelle vers lui les démons de la Mer!

— Qu'est-ce que vous me chantez là? s'emporta Folin, lui-même énervé par toute cette histoire.

Avec une violence inattendue, Valdec le saisit aux revers de sa vareuse, et le secoua.

— Belphéron! fit-il en se retenant à grand peine de crier. N'avez-vous pas entendu, il invoque Belphéron, et il détient une Abyssale!

— Un habit sale?

— Abyssale, crétin! Une pierre magique venue des Abysses, capable d'attirer et de subjuguer les puissances de la Mer! Il appelle à lui Belphéron!

— Vous êtes fou, Valdec! Qu'est-ce que ce Belphéron?

— Belphéron, ignare, l'une des trois Puissances du Mal! Belphéron, celui qui règne dans les Abysses, le Tourmenté, le Dément, l'Exterminateur, maître de tous les démons de la Mer!

Le second officier criait au visage de Folin, qui était trop médusé pour réagir. Entre-temps, la mer se démontait, les vagues atteignaient dix et même quinze pieds, comme par mauvais temps, mais on ne sentait toujours pas un souffle de vent.

Certains des hommes n'avaient pas attendu l'ordre du capitaine. Sur la suggestion de Valdec, ils commençaient à descendre l'une des chaloupes de sauvetage. Folin les vit et se libéra de son second.

— Eh là! Que faites-vous?! Remontez-moi ce canot!

Le tumulte augmenta sur le pont. Le commandant avait quelque empire sur certains matelots, mais la plupart, effrayés par l'inexplicable agitation de la mer, voulaient fuir comme l'avait proposé Valdec; ils ne doutaient pas, comme l'avait dit le second officier, que les incantations du sorcier Davard ne provoquassent l'apparition imminente d'un démon.

Une grande peur fondit sur l'*Atlante*, une épouvante surgie on ne sait d'où, un sentiment de frayeur irraisonnée apparu spontanément dans les esprits. Dans la quasi-obscurité, quelques lampes s'agitaient, des silhouettes se bousculaient tandis que roulait et tanguait la goélette. Tous se ruèrent vers les chaloupes. L'une, déjà prête à partir, s'éloigna bientôt avec Valdec à son bord. On fit force de rames sur cette houle qui ballottait l'esquif. Il ne s'était pas passé cinq minutes depuis le début du phénomène.

On était en train de mettre à la mer la deuxième chaloupe lorsque l'*Atlante* sombra. Il n'y avait pas de récifs, ni aucun autre navire qui eût pu le heurter, et l'étrave était intacte; pourtant l'*Atlante* sombra. Cela se fit tout d'un coup: on ne vit pas le navire s'incliner sur un flanc ni couler lentement par la proue ou par la poupe. On le vit simplement s'enfoncer, comme si une main invisible, intangible, sortie du fleuve, avait saisi le bateau par le milieu et l'avait attiré vers le fond. En cinq secondes, il cala jusqu'à la lisse, puis, dans un fracas terrible, il se rompit au milieu, entre les deux mâts, et les moitiés coulèrent comme des rochers.

Il y eut un grand bruit d'engloutissement, et la première chaloupe, déjà instable à cause des vagues, fut prise dans le remous de *l'Atlante*. Valdec plongea pour échapper au tourbillon, et d'autres firent comme lui. Les hurlements d'épouvante et les appels déchirants de ceux qui se noyaient se turent un à un, mais le fleuve resta tumultueux durant un bon moment.

L'eau était glacée; seul Valdec fut assez résistant pour atteindre le rivage. Dans la nuit noire et les vagues impitoyables, le naufragé nagea des heures jusqu'à ce que le reflux le dépose, épuisé et transi, sur une grève de sable gluant et de gravier, au pied du cap Fantôme. Il n'y eut aucun autre survivant: les hommes avaient été soit engloutis sur le coup, soit gagnés par le froid.

*   *   *

— Et qu'est-ce que c'était? demandai-je à Valdec les trois fois qu'il me narra l'aventure. Qu'est-ce qui a englouti *l'Atlante*?

Je voyais le marin, costaud et d'âge mûr, pâlir un peu sous son hâle et frissonner en réentendant les cris affolés de ses compagnons noyés.

— En tout cas, ce n'était pas une baleine, comme l'ont suggéré les commissaires enquêteurs. Sottises! Non, rien de matériel, rien de tangible, rien qui appartienne à notre monde...

Puis il esquissa un sourire forcé, nerveux.

— Ne t'en fais pas. Si un jour tu écris cette histoire, tes lecteurs, eux, comprendront bien ce qui a englouti *l'Atlante*...

Daniel Sernine, *légendes du vieux manoir,* Montréal, Presses Sélect, 1979, p. 78-93.

MARIE JOSÉ THÉRIAULT

*Marie José Thériault naît à Montréal en 1945. Elle est tra-
ductrice, parolière-interprète, correctrice d'épreuves, dan-
seuse professionnelle, chroniqueur littéraire, rédactrice pour
la revue* Entr'acte *et directrice littéraire aux Éditions Hurtubise HMH. Elle est responsable d'un numéro spécial sur «le
Fantastique» dans* la Nouvelle Barre du jour *en 1980, avec
André Carpentier. Elle collabore aux revues* Châtelaine, Liberté, Vice Versa, Proscope, la Nouvelle Barre du jour
et XYZ. La Revue de la nouvelle *dont elle est également
membre du comité de rédaction. Elle obtient plusieurs prix
dont le Prix Canada-Suisse en 1983 pour* Invariance *et le
Prix littérature de jeunesse du Conseil des Arts du Canada en
1982 pour* Agnès et le Singulier Bestiaire.

La Cérémonie *(contes), Montréal, Éditions La Presse,
1978.*
Agnès et le Singulier Bestiaire *(contes), Montréal, Pierre
Tisseyre, 1982.*
Les Demoiselles de Numidie *(roman), Montréal, Boréal
Express, 1984.*
L'Envoleur de chevaux et autres contes, *Montréal, Bo-
réal, 1986.*

Les Cyclopes du
jardin public

La journée se déroulait à reculons avec une inquiétante lenteur.

D'abord, il n'avait rien remarqué. Il croyait que c'était là une nuit normale, fluide et si limpide qu'on pouvait s'y mouvoir librement sans jamais tâtonner le long des murs pour trouver sa voie. Le ciel avait la clarté des soirs de juillet qui mettent une éternité à s'assombrir après le coucher du soleil; il s'en dégageait une luminosité rassurante laissant croire à la perpétuité du jour.

De l'endroit où il se trouvait, il distinguait nettement la silhouette bleue de la ville dont les gratte-ciel construits en bordure de la mer se reflétaient dans une eau parfaitement étale, lourdement aplatie comme si en réalité il se fût agi d'une vaste étendue de pétrole onctueux. Il n'y avait pas la moindre brise qui en fît osciller la surface liquide; rien, d'ailleurs, ne bougeait, tout avait cette immobilité photographique des objets enfermés dans un œuf de verre.

Bizarrement, il ne s'étonnait pas que tout parût ainsi pétrifié. Il ne remarquait pas davantage l'épaisseur du silence sur ces docks où il déambulait parmi les treuils et les ballots de marchandises, longeant les rails où parfois se dessinait le volume sombre d'un wagon-citerne ou celui, plus léger, d'une plate-forme vidée de son fret. Son attention se portait surtout sur la large baie qui séparait la ville du port, et il ne comprenait pas pourquoi on avait aménagé des quais à telle distance de cette métropole vers laquelle il se dirigeait mais qui, il le constata soudain, semblait s'éloigner quand, au contraire, elle aurait dû se rapprocher. Au moment même où il notait cela, il remarqua que le ciel s'était obscurci et que l'air avait acquis une densité plus grande, comme si on eût compressé la nuit entre de solides murailles pour l'épaissir et la rendre opaque. Il chercha un repère en se tournant de côté et d'autre, car la noirceur profonde lui donnait un peu le vertige. Là, des cargos enfonçaient leur masse dans les ténèbres et perdaient déjà leurs contours. Aucun hublot ne laissait filtrer de lumière, pas un seul mât ne brandissait de feux. Vers les hangars, le même néant semblait s'être installé, et il eut beau souhaiter quelque chose qui ressemblât à une porte roulante pour y pénétrer et fuir l'ombre qui l'enserrait maintenant jusqu'à l'étouffer, il ne vit rien qu'une paroi lisse et sans reflet paraissant n'avoir pas de fin.

Il marcha quand même dans cette direction, car il espérait y trouver la sortie du port. Ses pas résonnèrent longtemps dans la nuit. Il entendit leur écho pour la première fois et s'aperçut qu'hormis le bruit de ses semelles sur le ciment, aucun son ne venait troubler le silence, et celui-ci lui parut soudain irréel et terrifiant.

Il heurta quelque chose. Ce contact pourtant prévisible le fit tressaillir. Il recula. Des gouttes de sueur coulaient le long de ses tempes. Il allongea les bras devant lui avec prudence, puis ses doigts touchèrent une surface dure et froide, matérielle, qui le calma un peu. Il y appuya ses paumes et se mit à longer ce qu'il croyait un entrepôt, mais comme il dut marcher ainsi très longtemps, il pensa plutôt qu'il devait s'agir d'un mur d'enceinte et que bientôt ses mains rencontreraient le fer d'une grille. À un moment, il crut tourner en rond, car il devait parfois croiser un peu les pieds et il sentait la surface où couraient ses paumes se creuser d'une manière quasi imperceptible.

Il respirait avec difficulté. Son cœur battait contre ses côtes avec une violence telle qu'il pensa défaillir, et il se laissa glisser le long de la paroi. Assis par terre, il tourna la tête vers l'endroit d'où il venait, et vit avec effroi que la ville qu'il cherchait toujours à atteindre s'était encore éloignée. De faibles lumières y brillaient, mais elles paraissaient maintenant si lointaines, si petites, qu'il craignit ne jamais plus pouvoir retrouver leur serein réconfort. Cette pensée lui redonna le courage de poursuivre sa quête malgré le sort qui s'acharnait sur lui.

Ce n'est que beaucoup plus tard que le mur s'évanouit. Il lui semblait avoir marché pendant des heures quand, subitement, ses mains ne reconnurent plus sous elles qu'un vide infini qu'elles se mirent à fouir nerveusement. Étrangement, même la surface qu'elles venaient à peine de quitter s'était volatilisée. Il ne longeait plus rien, ne touchait plus rien, se sentit tout à coup happé par un néant obscur et profond qui le glaça. Il demeura immobile pendant de longues minutes, puis se hasarda à avancer d'un pas. Le sol était toujours là. Ce fait le rassura un peu et il bougea l'autre pied. Tout allait. Il marcha alors lentement, comme un aveugle, en tendant les bras devant en guise d'antennes qui devaient l'avertir de la présence d'un obstacle, d'un objet, d'un élément tangible, en somme, qui eût humanisé ce rien effroyable où il errait.

À quelque temps de là, il crut discerner sur sa droite un reflet pâle. Mais cela ne dura pas et dès qu'il eut tourné la tête, la lueur avait disparu. Il poursuivit son chemin en se disant qu'un bruit, un son, n'importe lequel, qui percerait la nuit la lui rendrait plus supportable. À plusieurs reprises, il eut envie de se laisser tomber et d'attendre là, étendu, que la mort vînt le libérer, mais en même temps il songeait qu'il était peut-être déjà mort, que la mort était peut-être justement cet itinéraire fou au sein d'un univers impalpable, éternel, ce néant noir, et cette pensée lui parut si aberrante qu'il fit un effort surhumain pour la chasser de son esprit.

Brusquement, il vit devant lui une enseigne lumineuse qui allumait et éteignait tour à tour ses idéogrammes chinois. Le cœur lui bondit dans la poitrine: derrière la première enseigne, n'en apercevait-il pas une autre? Et derrière celle-là, une autre encore? Il ne se contint plus de joie quand il constata que des façades d'édifices semblaient vouloir percer le noir. On eût dit que le ciel s'éclaircissait aussi, mais à peine, juste assez pour qu'il discernât une rue bordée d'un côté par de petites boutiques. Cela suffit à lui redonner de l'assurance, et il enfonça les mains dans ses poches en sifflotant un air à la mode.

Peu à peu, sur sa gauche, la nuit rosissait. Lentement, un disque rouge sortait du plafond obscur et descendait vers une ligne d'horizon encore invisible. Que le soleil fût sur le point de se coucher n'éveilla cependant pas en lui la moindre inquiétude. Il ne fit aucun cas de ce monde à l'envers, ne réagit nullement devant l'absurde d'une nuit qui prenait fin avec le ponant. Il nageait dans le même bonheur qu'un enfant craintif redécouvre quand on allume, dans sa chambre, une veilleuse rédemptrice qui chasse les ombres, les fantômes et la peur.

Maintenant, la clarté revenait avec assez de force pour qu'il pût détailler le contenu des vitrines. Il y trouva un canard caramélisé pendu par les pattes, des bouchées de viande de porc disposées avec art sur des plateaux, des sachets d'épices, un panier plein de racines de gingembre qui tordaient leurs bras marqués de nœuds, des piles d'assiettes de porcelaine où s'encastraient quelques grains de riz, une paire de pantoufles brodées, un couperet, des baguettes de bois peint, deux ou trois boîtes de thé où apparaissait le dessin d'une montagne dont la crête transperçait un nuage, des revues pornographiques thaï, des poupées japonaises qui balançaient des fléaux sur leurs épaules, quelques lamelles de ginseng étalées sur un carré de soie jaune, une pipe d'opium, un carton qui disait: *Chinese dresses imported from Taïwan — free alterations with orders $100 and over*, des lanternes de papier, une pagode en plastique frangée de noir, des contenants de paille emboîtés les uns dans les autres et des laitues de toutes sortes sous les feuilles desquelles bougeait parfois une pince de crabe ou un cafard; il vit aussi des pots de verre pleins de champignons, de bâtons de vanille, de châtaignes d'eau ou d'herbes séchées, et un petit paquet d'encens sur un bouddha de plâtre peint en rouge.

Cette rue déserte que n'animaient que ses vitrines remplies d'objets hétéroclites lui donna un sentiment de sécurité tel qu'il en oublia presque l'aventure effroyable qu'il venait de vivre, mais pas assez grand cependant pour lui éviter un sursaut quand une voix se mit à fredonner derrière lui, une octave au-dessus, le même air qu'il sifflait depuis tout à l'heure. Il eut honte aussitôt de s'être laissé emporter par la crainte, inspira profondément et se tourna vers la personne qui le suivait.

Il aperçut une femme assez grande et fort belle dont les longs cheveux noirs coupés en frange droite à la hauteur des sourcils flottaient sur ses reins. Elle portait une robe moulante safran, à col Mao, dont un côté s'ouvrait jusqu'à la cuisse. Les yeux à peine bridés révélaient son sang mêlé tout comme, d'ailleurs, le teint plutôt sombre, dépourvu de cette blancheur jaunâtre typique des Asiates. Elle chantonnait en souriant de toutes ses dents égales, et quand elle arriva à sa hauteur, il décela dans l'air un parfum capiteux comme de patchouli ou de benjoin.

— Pardon, madame...

Il lui fit part de son désarroi devant ce quartier dont il avait, à ce jour, ignoré jusqu'à l'existence et lui demanda quel chemin le mènerait vers le centre-ville. Elle l'examina un moment en penchant un peu la tête de côté, sourit de plus belle et lui fit signe de la suivre.

Le ciel était d'un bleu électrique, limpide, sans nuage, et dans la lumière méridienne qu'aucun soleil pourtant ne dispensait, les cheveux de la femme luisaient comme des rivières de lignite. Elle le précéda au long de rues en tous points semblables à la première, toutes encombrées d'enseignes colorées et de boutiques. On se serait cru à Hong-Kong, la foule en moins. Chacune de ces rues lui paraissait plus élevée que la précédente comme si elles eussent été construites en terrasses, mais il ne remarquait aucune pente ascendante, toujours il avait l'impression de marcher sur du plan, sans effort, sans tiraillements aux mollets. Ils débouchèrent enfin sur une sorte de plateau ouvert au fond duquel apparaissait la tache sombre d'un bois. Il se retourna une dernière fois pour jauger le chemin parcouru et vit, non sans un certain agacement, que la ville était presque mangée par l'horizon, qu'elle était devenue encore plus lointaine, minuscule, fuyante.

— Vous êtes certaine que c'est par là? demanda-t-il.

La femme fit oui plusieurs fois de la tête, avec impatience, et lui signifia de se dépêcher.

Bien qu'il fût convaincu d'être victime d'un leurre, il la suivit car elle l'intriguait. Il lorgnait le taillis d'un œil presque lubrique, s'inquiétant de savoir si l'Eurasienne n'était pas une jeune femme aux mœurs légères et s'il n'allait pas se passer là des choses que la morale condamne. Il fut vite déçu. Dans le petit bois, le terrain devint rapidement très accidenté, nullement propice aux ébats, et il se dit qu'elle le conduisait sans doute vers un abri confortable au-delà du bouqueteau. Au bout de quelque temps, il s'étonna du fait qu'elle suivait toujours un sentier sûr, plus aisé que celui où il se trouvait et plus bas. Lui-même affrontait constamment de fortes déclivités, des obstacles complexes formés de troncs d'arbres et de broussailles touffues et épineuses, des sols trop meubles, presque des marécages où il s'enfonçait. De temps à autre, il essayait de la rejoindre, mais une pierre, un rets inextricable de branches le forçaient à regagner sa propre sente.

— Vous semblez bien connaître le chemin, réussit-il à dire entre deux trébuchements.

— Naturellement, fit-elle. J'ai dessiné moi-même ce parcours.

L'absurdité de cette réponse le frappa, mais il était trop occupé à éviter de se crever les yeux sur les branches pointues groupées devant lui pour la relever.

Ils continuèrent ainsi pendant une bonne demi-heure. Puis, les arbres se dispersèrent et bientôt il n'y en eut plus un seul. Devant le couple s'étalait une vaste étendue gazonnée, soignée comme un jardin à l'anglaise. Sur ce grand espace vert, la lumière drue de l'après-midi formait de larges plaques brillantes où l'herbe rase chatoyait telle une étoffe de prix. Ils s'y engagèrent, l'un suivant l'autre qui avançait à petits pas rapides en faisant parfois un signe de la main comme pour dire: «Allons, allons, il n'y a pas de temps à perdre.» Lui ne s'inquiétait plus de savoir où cette femme le menait: il se contentait de lui obéir, en proie à une étrange fascination.

Le parc était parsemé de petits kiosques en forme de temples doriques d'une éclatante blancheur, abritant chacun une demi-douzaine de femmes en robes cintrées couleur safran. De l'un d'eux, qu'ils contournèrent, sortirent soudain deux oiseaux fabuleux, des échassiers aux pattes noires et grêles, au corps jaune, dont la tête huppée était pourvue d'un long bec effilé et recourbé comme un sabre. Ils se dirigèrent immédiatement vers lui et le plus grand des deux, sautant sur le bras de l'homme, agrippa son poignet, y arrondit les serres et, tête renversée, se balança dans le vide. Puis, d'un mouvement rapide, il se remit à la verticale et picora le biceps de sa proie. Comme l'homme tentait de se libérer en introduisant ses doigts entre les griffes de l'animal, il fut saisi d'un haut-le-cœur: l'oiseau ne possédait qu'un œil, immense et rouge, en plein centre du front, et cet œil le regardait fixement.

À ce moment, l'Eurasienne dit quelque chose dans une langue qu'il ne comprit pas, l'échassier lâcha prise et les deux oiseaux s'éloignèrent, ou mieux, les précédèrent jusqu'à une longue table nappée de blanc derrière laquelle s'affairait une autre femme, jumelle de la première.

La table croulait presque sous le poids de nombreux plateaux d'argent poli pleins de canapés que la seconde Eurasienne préparait en disposant, sur des craquelins de formes variées, des mets appétissants taillés en cubes, qu'elle choisissait dans un panier.

Comme la faim le tenaillait, il voulut s'approcher de la table, dressée, de toute évidence, pour une fête, mais son guide le saisit par la manche et lui fit faire un long détour, toujours à la suite des échassiers qui disparaissaient maintenant derrière un haut paravent de laque rouge ouvert sur la pelouse.

Là, il vit des contenants empilés les uns sur les autres, d'étranges ustensiles qui l'intriguèrent et, chose bizarre, un petit poteau auquel pendaient de lourdes chaînes munies de solides anneaux. Il se demanda, non sans une certaine crainte, à quoi tout cela pouvait bien servir, mais avant même qu'il prît conscience de ce qui lui arrivait, on le poussait à genoux, on l'attachait au poteau par les chevilles et les poignets, et les échassiers perçaient de leur long bec ses carotides. Il cria, mais personne ne lui porta secours. Les oiseaux enfoncèrent de nouveau leur bec dans son cou, le fouillèrent, puis burent tout le sang de son corps et s'en furent par où ils étaient venus.

L'Eurasienne détacha le cadavre, l'étendit par terre avec soin, le déshabilla, et s'employa à le dépecer minutieusement. Chaque cube de chair allait remplir un panier qui, une fois plein, était ensuite déposé près de la grande table, à portée de main de la cuisinière.

Autour, s'attroupaient déjà des douzaines de femmes, toutes identiques aux deux premières. Comme elles se ruaient sur les canapés avec des ronrons de plaisir, le soleil se leva en vernissant l'horizon pâle de grandes taches orange qui passèrent lentement au grenat, puis au pourpre, puis au noir.

Marie Josée Thériault, *la Cérémonie*, Montréal, Éditions La Presse, 1978, p. 30-39.

Le Livre de Mafteh Haller

À *Marek Halter*

Haller et moi n'étions pas ce qu'on a coutume d'appeler des amis. Tout au plus avions-nous dîné une fois ou deux à la même table, chez la comtesse de ***, qui aimait à cette époque s'entourer d'hommes studieux et assez retranchés du monde. Elle venait de se découvrir une passion pour la lecture — passion qui, au reste, s'éteignit rapidement — et, sans délaisser complètement ses moins ingrates distractions (ainsi se plaisait-elle à les appeler), il lui arrivait d'agréer la compagnie discrète de gentilshommes érudits auprès de qui, si elle ne brillait pas par sa culture livresque, elle se donnait l'illusion de pénétrer des mondes de connaissances dont l'accès, jusque-là, lui avait paru interdit. Aussi fus-je fort surpris lorsqu'un soir, alors que je m'apprêtais à reprendre pour mon propre plaisir une bien mauvaise traduction du *Canzoniere* de Pétrarque, Haller fit irruption chez moi dans un état d'agitation pour le moins spectaculaire.

Trempé de pluie et tremblant, il me déclara avoir marché sans but depuis des heures et, arrivé à deux pas de ma maison, il s'était souvenu de nos quelques cordiaux rapports. Ne sachant à qui d'autre confier ce qui le troublait plus qu'il ne savait le dire, et après mainte hésitation, il s'était enfin décidé à venir chercher refuge chez moi. Voyant le piètre état de Haller, je le fis asseoir tout près du feu et lui préparai un grog, le priant de bien vouloir me dire les motifs de son inquiétude.

— Le... le livre... ah... mon Dieu! réussit-il à haleter.

— Mais de quoi parlez-vous, Haller? Allons, allons, remettez-vous et dites-moi calmement ce qui se passe.

Cette opération lui prit quelques minutes au bout desquelles il avait retrouvé assez de contenance pour me raconter l'histoire la plus extraordinaire qu'il m'ait été donné d'entendre. Je la consigne ici, car elle vaut qu'on la note, mais surtout parce que je ne sais quand elle se terminera ni même si elle aura une fin, et que tout me porte à croire que bientôt, oui, bientôt hélas, il me faudra à mon tour... mais oh! il n'y a pas de temps à perdre en considérations de cet ordre... Voici plutôt le récit que me fit Mafteh Haller:

— Sir Thomas, vous savez... je suis un méchant libraire, plutôt sauvage mais sans une once de cruauté. J'ai toujours fui le monde, que je méprise assez, et s'il m'arrive de temps à autre de fréquenter les cercles mondains — mes rares visites chez la comtesse de ***, par exemple, où j'ai eu le plaisir de vous rencontrer — c'est presque par inadvertance. Je n'ai pas d'amis, que des clients au demeurant de la même race que moi, avec lesquels je n'échange pour ainsi dire jamais, sinon sur l'objet de leur visite: l'acquisition d'éditions rares que je mets tout en œuvre pour leur procurer quand ils ne les dénichent pas sur les étagères de ma boutique où j'ai accumulé au fil des ans d'inappréciables trésors. Mais si je n'ai pas d'amis, je ne me sais pas davantage d'ennemis, et je n'ai pas mémoire d'avoir commis une injustice si terrible qu'elle me vaudrait cette... cette... condamnation...

Il proféra ces derniers mots dans un souffle, sur le point de se laisser gagner par la même agitation qui l'avait conduit ici. Je dus le ramener au calme afin qu'il soit en mesure de poursuivre.

— Il y a quelque temps — trois ans presque jour pour jour, si je tiens à la précision — je recevais par la poste un volumineux paquet. Il provenait d'un marchand des Pays-Bas avec lequel il m'arrive assez souvent de traiter, et contenait, dans une édition presque introuvable de l'Imprimerie Impériale, datée de 1805, la traduction française d'un texte arabe, *La colombe messagère plus rapide que l'éclair, plus prompte que la nue,* dans une magnifique présentation bilingue, ainsi qu'une très rare édition princeps, en deux volumes, des textes poétiques de Sa'di, comprenant entre autres le *Diwân,* le *Bostân,* le *Gulistân* (ce dernier titre ayant toutefois fait l'objet d'une édition antérieure par Gentius en 1651), publiée à Calcutta de 1791 à 1795. Mais ces détails ne sont guère utiles à mon histoire... veuillez excuser le vieux bibliophile que je suis de vous assommer avec ces explications...

— Non, non, je vous en prie, continuez. Je suis moi-même une sorte de rat de bibliothèque...

— J'étais donc très heureux d'avoir enfin en main ces livres que j'attendais depuis de longs mois sans savoir s'ils n'avaient pas déjà été acquis par un autre. Mais comme je les déballais, je vis, dessous, un autre paquet. Ne me rappelant pas avoir demandé à ce marchand d'autres textes que ceux dont je viens de faire la description, ce n'est pas sans une vive curiosité que je débarrassai le colis de son emballage. J'y trouvai un ouvrage relié en cuir, visiblement oriental, plutôt usé mais sans autre dommage. Le voici.

Il tira de sa veste un assez petit livre, d'une très belle reliure noire rehaussée de feuille d'or, munie d'un ingénieux fermail: deux anneaux montés sur l'un des rabats s'inséraient dans des ouvertures pratiquées dans le rebord de l'autre couverture. Une languette de laiton y était glissée; elle représentait le corps d'un lion dont la queue, ramenée par-dessus les anneaux, pénétrait dans la gueule de la bête, cadenassant ainsi le livre.

— Il n'y avait pas de clé. Ne voulant pas forcer cette serrure, je n'avais d'autre choix que de renvoyer le livre à mon collègue néerlandais. «Demain», me dis-je. Mais les jours, les semaines passèrent sans que j'en fasse rien. Le livre restait là, dans mon arrière-boutique. De temps à autre je le prenais dans mes mains, caressais son cuir, cherchais à en deviner le contenu qui se dérobait à ma curiosité. Ces exercices se firent de plus en plus fréquents, de sorte que bientôt le livre ne me quitta plus. Je l'emportais partout avec moi, incapable de m'en séparer. Je décidai alors de me rendre chez un serrurier qui, sans me promettre de réussir, tenta de fabriquer une clé qui ferait l'affaire. La chance me sourit. Quelques jours plus tard, muni de cette clé que voici, je pus enfin connaître le secret de l'ouvrage. Venez. Approchez-vous.

Il ouvrit de livre. C'était un manuscrit dont il souligna la calligraphie de belle venue et dont la page frontispice contenait aussi le colophon, contrairement aux coutumes qui, m'apprit-il, veulent qu'on le place à la fin. Le papier n'était pas d'une extrême finesse, mais au toucher l'on sentait qu'il avait été traité à l'œuf et au talc, et poli avec une agate de brunisseur.

— Sir Thomas, poursuivit Haller, j'avais alors acquis par la force des choses juste ce qu'il faut de connaissances pour déchiffrer les titres des textes orientaux qui passent entre mes mains, mais pas assez pour lire l'entier de ce manuscrit persan —

كتاب علوم سیاه و اسرار

درماه رجب سنة ۹۶۲ درعهد شاه طهماسب اول ، که غداوند روحش با مزاید ،

وهی شد و بهمت برهان الدین محمود مرقندی کتاب ارکانان بسیه محرراً

223

car il s'agit bien d'un manuscrit persan, et fort ancien, ainsi que vous le verrez.

Il suivit du doigt les caractères de la page frontispice, tout en traduisant au fur et à mesure:

Le Livre des Sciences Noires
et des Secrets
tel que reçu et transcrit par le scribe
Borhân eddîn Mahmud al-Wahid Samarqandi
à Kâshân
dans le mois de Rajab 962
sous le règne de Shâh Tahmasp I
Allah l'ait en Sa garde

— Ce n'est qu'un chef-d'œuvre mineur de l'art livresque persan, poursuivit-il. Vous voyez, il ne contient aucune miniature; tout au plus cet assez quelconque *unwân* en bleu, rouge et or. Mais les têtes de chapitres ont été écrites en rouge et les marges, très délicates, ont été tracées à la feuille d'or. Quant à la calligraphie, il faut bien l'avouer, elle approche de la perfection. Je suis étonné aussi de l'état de conservation de ce livre: un ou deux trous d'insectes, quelques taches ici et là, pas de moisissure. Je connais des ouvrages *imprimés*, sir Thomas, des livres beaucoup plus jeunes qui ont moins bien souffert le temps...

«Quoi qu'il en soit, je voulus d'abord écrire au marchand qui m'avait expédié le manuscrit, le priant de me donner le nom et l'adresse de l'acquéreur afin que je le lui fasse parvenir moi-même. Je ne le fis pas. En réalité, je ne tenais pas du tout à me séparer de cet ouvrage qui m'était devenu cher à l'extrême. Aussi, j'offris au marchand de payer le double du prix auquel il voulait le vendre (c'était là fort téméraire de ma part, puisque j'ignorais ce prix et devinais que le manuscrit devait être très coûteux, ne serait-ce qu'en raison de son âge. Mais sans doute avais-je déjà vendu mon âme au diable...) pour le privilège de conserver ce texte qui m'était parvenu par erreur. Je lui demandai aussi qu'on me fournisse tous les renseignements dont on disposait sur ce manuscrit et, pour lui faciliter la tâche, je recopiai à son intention la page frontispice que vous voyez là.

«Au bout de quelque temps, je reçus une lettre du marchand des Pays-Bas, par laquelle il me disait que le manuscrit ne provenait pas de chez lui, qu'il s'agissait sûrement d'une erreur et que, du reste, les recherches n'avaient rien mis à jour: ce manuscrit ne figurait dans aucun des catalogues disponibles; le nom du scribe était inconnu des spécialistes; aucune collection publique ou privée ne faisait mention d'un tel ouvrage. On offrait, bien entendu, de me l'acheter, et on y mettait le prix. Mais il n'était absolument pas question pour moi de le vendre. Je me trouvais en possession d'une œuvre inestimable parce que, sans doute, seule de son espèce. Elle m'était parvenue par des chemins pour le moins obscurs et, par la fascination qu'elle exerçait sur moi, elle m'imposait de la conserver. En somme, officiellement, *Le Livre des*

225

Sciences Noires et des Secrets n'existait pas. Pourtant il est là, dans mes mains. Vous le voyez. Vous le touchez aussi. Et j'en suis le seul propriétaire... le seul... pour le moment... Ah! c'est terrible...»

— Terrible? Mais pourquoi donc? Je croirais plutôt que c'est là une chance inouïe pour un bibliophile!

— Écoutez, sir Thomas, écoutez. Laissez-moi poursuivre. Et priez pour que la force ne me manque pas pour vous dire la suite.

— Bon, bon. Je vous écoute.

— Dans les mois qui suivirent, je m'appliquai à étudier la langue persane. J'y consacrai tout mon temps. C'est une langue, ma foi, d'une grammaire assez simple, mais complexe en raison de ses subtilités. Vous comprenez, il me fallait à tout prix connaître le contenu de cet ouvrage: je m'y sentais poussé par une force inexplicable. Je ne dormais plus, je mangeais à peine; tout mon esprit était prisonnier du livre dont le secret m'obsédait. On aurait dit, sir Thomas, que le livre lui-même m'ordonnait de faire en sorte que je puisse le débrouiller au plus vite. Chaque fois qu'il m'arrivait de poser mon regard sur ses feuillets calligraphiés, j'éprouvais un sentiment d'urgence qui s'amplifiait de jour en jour. J'en vins à fermer boutique afin de consacrer toutes mes énergies à l'étude.

«Au bout de longs mois, je pus, quoique laborieusement, commencer à le déchiffrer. Mot par mot, phrase par phrase, retournant constamment à mes dictionnaires et mes manuels. Le début consistait en formules de toutes sortes, plus ou moins médicales, visant à soulager ou à guérir le mal de dents, les panaris, les orgelets. Puis il y avait des diètes mêlées de conjurations pour atténuer les crises de haut mal. Et peu à peu, le livre passait des potions de bonne femme à des formules moins orthodoxes, très obscures, que j'eus une grande difficulté à saisir. Mais je m'y appliquai avec une énergie qui tenait de la rage. Je fis là d'étonnantes découvertes: une recette d'onguent qui permet d'éprouver le feu sans en être brûlé; un baume qui doit garantir de la peste; une eau miraculeuse qui guérit la fièvre maligne et la goutte; la manière de fabriquer des perles fausses qui imitent à la perfection les perles d'Orient; celle de faire un sirop de longue vie; comment ramollir l'ivoire ou briser le fer; comment fabriquer un anneau qui rend invisible celui qui le porte ou un talisman qui rend inexpugnable la forteresse dans les fondements de laquelle on l'aura enterré; bref, mille et une recettes toutes plus surprenantes les unes que les autres qui auraient de quoi fasciner les êtres curieux des secrets de la nature.»

— Intéressant, mais, somme toute, assez banal. Albert le Grand, et avant lui, nombre d'auteurs arabes, de cabalistes et que sais-je, ont réuni de tels grimoires...

— Sans doute, sir Thomas, sans doute. Mais ce n'est pas tout. Ces formules, ces recettes banales, comme vous dites, ne constituent que la première moitié de l'ouvrage que vous voyez là. La deuxième partie est d'une tout autre nature. Elle me semble même rédigée par une main différente. Il y a des variantes notables dans la calligraphie, suffisantes, en tout cas, pour que je puisse vous assurer sans crainte de me tromper que la reliure de l'ouvrage renferme deux textes distincts, probablement rédigés à des époques différentes par deux scribes ou copistes, entendez-le comme vous voudrez. Il m'apparaît que la reliure date de l'époque où aura été retranscrit le premier de ces textes, qu'elle est donc relativement récente. La seconde moitié du manuscrit est nettement plus ancienne. Au reste, touchez: il y a un léger contraste entre ce papier-ci, voyez, et celui-là, de toute évidence plus ancien.

Je ne pouvais que me rendre à son idée. Haller me faisait remarquer, muni de son nouveau savoir, les variations dans la calligraphie des deux textes. Quant aux feuillets, au toucher ils livraient clairement leurs dissemblances.

— Mais le colophon? fis-je.

— Il se rapporte au premier texte, cela me semble indiscutable. Il est de la même main. Par conséquent, il ne me renseigne nullement sur l'origine du plus ancien des ouvrages bien que le titre puisse convenir à l'un comme à l'autre. Mais cette coïncidence est-elle délibérée? Ça, je ne suis pas en mesure de vous le dire.

Haller replaça le petit livre dans la poche de sa veste. Il gardait maintenant le silence en fixant le feu. Sa respiration devenait plus laborieuse. Soudain, il éclata en sanglots et cacha son visage dans ses mains.

— Qu'y a-t-il, Haller? Allez-vous enfin me dire ce qui vous met dans cet état?

— Pardonnez-moi...

Il tressaillit, comme quelqu'un qui sort d'un rêve, et sembla rappeler ses idées. Il se mit à marcher de long en large, mains calées l'une dans l'autre dans son dos.

— J'ai scruté ce deuxième texte, sir Thomas, avec une passion qui, je vous le jure, ne venait pas de moi mais du livre. C'est lui, vous dis-je, qui m'a poussé de page en page, de jour, de nuit, sans arrêt. Je n'étais plus, je ne suis plus maître de mes actes. Tout ce que je fais m'est dicté. Même ma venue ici, vous verrez, vous verrez, n'est pas le fruit du hasard. J'ai été poussé ici. Conduit. Par une autre volonté que la mienne. Ce livre est vivant, sir Thomas. *Vivant*. Il a une âme. Sans doute même plusieurs...

«Il se termine par quelques feuillets vierges. Juste avant, j'ai découvert des noms. Toute une liste. Des noms persans ou arabes, puis des noms occidentaux transcrits en caractères persans. Étonnant, vous ne trouvez pas? Étonnant... Mais plus tellement étonnant pour moi, maintenant.

«Lorsque j'eus achevé mon déchiffrage, je rangeai l'ouvrage. Mais ma tranquillité fut de courte durée. Une voix intérieure m'ordonna presque de le reprendre. Je dus lui obéir. Et voilà que je l'ouvrais à la page où était minutieusement décrite la façon de fabriquer et polir un miroir de mercure fixe avec du sel ammoniac, du vert-de-gris, du vitriol, de l'eau de forge et, bien entendu, du mercure. Je ne pus me dérober à cette opération qui me coûta de nombreux efforts et beaucoup de patience, en raison de sa complexité. Il fallait aussi que les conjonctures astrales soient bénéfiques, ce qui m'obligeait à des calculs auxquels je n'étais pas habitué. Mais enfin, lorsqu'il m'arrivait de vouloir renoncer, jugeant ces activités ridicules ou propres aux sorciers — ce que je ne suis nullement — c'était en vain. Le livre, que je croyais avoir rangé, était devant moi sur la table, ouvert, ou bien se trouvait inexplicablement sur mon oreiller, ou encore sur mon fauteuil, sans que je puisse jamais me rappeler l'y avoir déposé. Et je continuais à fabriquer le miroir de mercure. Malgré moi.»

À ce moment, il tira de sa poche un objet enveloppé dans un morceau d'étoffe verte et me le montra.

— Voilà qui est fait, dit-il. Depuis trois jours. Regardez un peu cette merveille.

Le miroir, de forme ronde, était plus petit que je n'avais imaginé. Il pouvait mesurer douze centimètres de diamètre, pas davantage. C'était une plaque mince, parfaitement polie, où venait se refléter le feu de l'âtre en même temps que le visage de Haller qui se penchait un peu dessus.

— Depuis que ce miroir est terminé, quelque chose s'est produit dans le livre, sir Thomas. Je sais que vous ne me croirez pas, mais je vous jure que c'est la vérité: *mon nom est apparu au bas de la liste...*

— Que voulez-vous dire?

— Cela. Précisément. Mon nom, transcrit en caractères persans, est le dernier du livre. Et il n'y était pas auparavant. Il n'y était pas, sir Thomas. *Il n'y était pas!* Savez-vous ce que cela signifie? Le savez-vous? Non, vous ne savez pas, naturellement, vous ne pouvez pas savoir, mais croyez-moi, sir Thomas, croyez-moi quand je vous dis que c'est terrible, épouvantable, croyez-moi quand je vous dis que c'est un signe qui ne ment pas, oh! sir Thomas, si seulement vous pouviez m'aider, mais vous ne le pouvez pas, personne ne peut m'aider, personne, je suis perdu...

Haller paraissait hors de lui. Il suait à grosses gouttes, il tremblait de tous ses membres. Pour la première fois je remarquai combien il avait maigri depuis la dernière fois où nous nous étions vus. Son teint avait une pâleur de craie. J'avais beau penser que son esprit l'avait abandonné et qu'il était en proie à des imaginations de malade, je ne pouvais demeurer aveugle à la métamorphose qu'il avait subie pendant ces quelques mois. Haller, force m'était de le constater, avait pris l'aspect d'un cadavre ambulant. Je frissonnai.

J'offris de lui verser un cognac, mais il refusa.

— Non. Pas le temps. Pas le temps. Il me faut partir maintenant. Le livre... il reste une dernière chose à faire... après quoi... mais je veux que vous sachiez que si je suis venu ici ce soir... sir Thomas, je n'y suis pour rien... il faut me croire... je n'y suis pour rien... Adieu... Dieu... Que Sa bonté vous garde s'Il ne peut plus rien pour moi...

Il se dirigea à pas fébriles vers la porte en marmonnant, tenant serré entre ses mains le miroir de mercure. Je voulus le retenir:

— Haller! Attendez! Haller! Ne partez pas!

Mais il était déjà parti. La pluie, dehors, continuait de tomber avec force. Je me penchai à la fenêtre pour le rappeler. Je ne vis que sa silhouette un peu courbée qui s'enfonçait dans la nuit. Il était déjà trop loin pour m'entendre.

Cette nuit-là, je ne pus dormir. Le visage angoissé de Haller ne cessait de me tourmenter. Je l'entendais me répéter l'histoire de la veille. Je revoyais les pages couvertes de calligraphie serrée du manuscrit. Il me semblait tenir encore dans mes mains le miroir de mercure. S'il m'arrivait de sommeiller, je me réveillais en sursaut, trempé de sueur, avec en mémoire le regard révulsé de Mafteh Haller. Le petit matin me trouva épuisé et nerveux.

Je tentai de chasser ces visions de mon esprit et de me remettre à ma traduction du Pétrarque, mais je n'arrivais pas à me concentrer. Au bout de quelques heures de temps perdu à contempler le vide plutôt qu'à travailler, je sentis le besoin de passer chez Haller pour lui demander de ses nouvelles. Le beau temps étant revenu, je me dis qu'une promenade me reposerait de ma si mauvaise nuit. Je sortis.

Haller habitait une chambre aménagée dans le grenier d'une maison naguère cossue. Sa logeuse me fit monter jusque chez lui en bougonnant.

— Vous le connaissez depuis longtemps, ce monsieur Haller? dit-elle. Quel homme bizarre. Oh, tranquille, en tout cas, ça, je puis vous l'assurer. C'est à peine s'il quitte sa chambre. Depuis des mois, il reste enfermé là. Je me demande à quoi il peut bien passer son temps. Il n'était pourtant pas comme ça au début. Plutôt cordial, même si un peu froid. Vous voyez ce que je veux dire? Pas homme à vous faire la conversation. Remarquez que je ne m'en plains pas. Les pensionnaires bavards, si vous voulez mon opinion... mais depuis quelque temps, je trouve qu'il exagère. Et figurez-vous que Monsieur ne descend plus dîner avec les autres. Alors, je lui monte son repas, pensez donc, et je le pose là, à côté de la porte. La plupart du temps, il ne touche à rien. Il est malade, peut-être, votre ami? Parce qui s'il est malade, il faudra le faire soigner. Ah, c'est une bien bonne chose que vous soyez venu... Vous pourrez lui dire ça de ma part, ce que je viens de vous dire, qu'il faudra qu'il se fasse soigner s'il est...

— Haller, vous êtes là?

Je frappais. J'appelais.

— Haller! Ouvrez!

Il ne répondait pas. Je collai mon oreille à la porte. Pas un son.

— Manquerait plus que ça, dit la logeuse. Je vous disais bien qu'il est malade. Ah, si c'est pas dommage! Je sentais bien que quelque chose n'allait pas. Tenez, j'ai la clé.

— Attendez. Peut-être est-il sorti?

— Non. Ça, je peux le jurer. Il est entré hier soir à minuit passé, trempé, et il est monté tout droit à sa chambre. Je me lève à cinq heures, moi, monsieur. Et quand je me lève, j'ouvre la porte en bas. Les locataires n'en ont pas la clé. Il ne pouvait pas sortir avant, et il n'est pas sorti depuis, j'en suis sûre.

Je la laissai introduire la clé dans la serrure. La porte s'ouvrit à peine: une chaîne de sécurité la maintenait entrebâillée.

— Haller? Haller, répondez-moi! Répondez, nom de Dieu, ou j'enfonce la porte!

— Dites, vous paierez les dommages!

La porte céda au deuxième coup d'épaule. Haller n'était pas dans sa chambre. Comment cela était-il possible? Il ne pouvait avoir mis la chaîne par l'extérieur. Je devinais ce qui avait pu se passer, mais ne voulant pas effrayer la logeuse de Haller, je lui fis cette remarque.

— Écoutez, je sais que Mafteh Haller avait quelques problèmes d'argent. Il se sera enfui par la fenêtre pour éviter d'avoir à vous payer. Prenez ceci. Je m'occupe de ses affaires. Je crois savoir où il a pu se réfugier. Vous louerez sa chambre à quelqu'un d'autre.

— Mais...

— Je vous en prie. Faites ce que je vous dis.

— Bah! vous savez... un locataire ou un autre...
N'empêche, celui-là était bien tranquille... Bizarre, mais tranquille...

Elle prit l'argent que je lui tendais et s'en fut en me disant que je pouvais bien faire ce que je voulais de ses affaires, après tout, cela ne la regardait pas, et tant mieux si un locataire qui ne peut pas payer la quitte, c'est moins de soucis comme ça, et une chambre, on trouve toujours quelqu'un pour l'occuper, et ce monsieur Haller avait beau être tranquille, il était bizarre, oui, inquiétant...

Ses paroles se perdirent dans le silence, et je me retrouvai seul dans la chambre de Haller, que je me mis à explorer lentement du regard.

Le lit n'était pas défait. La chambre, remplie à craquer de livres, témoignait avec éloquence de la passion que Mafteh Haller éprouvait pour l'imprimé. Une odeur de renfermé et de poussière régnait. J'ouvris la fenêtre et les volets. La pièce fut baignée de lumière.

Je m'approchai de la cheminée. Les braises encore tièdes indiquaient que Haller avait entretenu un feu assez tard ans la nuit. Juste devant, j'aperçus un tas de vêtements froissés: ceux qu'il avait endossés la veille. Tout à côté, le miroir. Et près du miroir, le livre, ouvert à la dernière page de texte. Après un blanc, commençait la liste de noms dont m'avait parlé Haller.

Je me penchai pour prendre le miroir, sur lequel un peu de cendre s'était ramassée en petit tas. Je soufflai sur la cendre pour l'éparpiller. Au même moment, j'entendis une voix qui gémissait, qui m'appelait aussi, du plus profond du temps. Et je vis... c'était à n'y pas croire! je vis le visage de Haller, dans le miroir! Son visage! Dans le miroir! Et il m'appelait, lointain, lointain, s'éloignant un peu plus à chaque seconde! Je fus saisi d'une stupeur sans nom et voulus fuir, mais mes jambes restèrent clouées au sol. Haller.... Pauvre Haller... Où êtes-vous donc?

Je ne sais pourquoi, je pris le petit livre et le feuilletai. Ses caractères — dont je ne saisissais pas le sens — dansaient devant mes yeux. La clé de la serrure en forme de lion gisait sur le tapis. Je la mis dans ma poche. Puis j'y glissai aussi le livre, malgré moi. Oui, malgré moi. Car je savais déjà ce que le garder pouvait signifier. Mais quelque chose me poussa à le faire. Et je sortis aussitôt.

Depuis, le manuscrit ne me quitte pas. Lorsque je le range, je me sens poussé vers lui, et je le reprends dans mes mains pour l'examiner. Peut-être ne me croirez-vous pas? Je me suis mis à l'étude du persan... J'y ai travaillé sans relâche pendant des mois, enfermé, sans presque dormir ni manger. J'ai ainsi déchiffré le premier texte. Puis le deuxième. Et j'ai vu, moi aussi, le nom de Mafteh Haller au bas de la liste. Je l'ai vu. Dieu me garde! Je l'ai vu, je le jure.

Il y a quelque temps je me suis mis à fabriquer le miroir de mercure. C'est le livre qui me l'a ordonné. Il ne m'a servi à rien de tenter de ne pas le faire. Partout, toujours, le livre tombait sous mes yeux, à la page du miroir, et je me remettais à la tâche.

Le miroir est terminé, maintenant. Et la suite m'attend. Je l'ai lu dans le livre. J'ai été forcé de le lire.

Il y a trois jours, j'ai aperçu mon nom au bas de la liste. Comme Haller avait vu le sien. Mon nom est apparu au bas de la liste. Je sais qu'il me reste peu de temps. Qu'il est trop tard pour me sauver. Je sais que je suis perdu. Je sais que j'irai rejoindre Haller. Mais où Dieu est Haller? J'ignore où j'irai le rejoindre. Mais j'irai.

Voilà pourquoi j'ai consigné cette histoire. Et parce que je ne sais quand elle se terminera ni même si elle aura une fin. Je la mettrai sous enveloppe cachetée. Pour après. Pour expliquer. Pour qu'on sache.

Cela fait, je graverai sur le miroir ce que le livre m'a dit de graver. Je prononcerai sur lui les paroles que le livre m'a dit de prononcer. Je ne pourrai pas l'éviter. Je suis condamné. Condamné. C'est terrible... Qui me verrait aujourd'hui ne verrait qu'un homme en sursis. Voilà ce que je suis devenu.

Je prononcerai les paroles. Je graverai les signes. Et ces signes et ces paroles me réduiront en cendres. Un petit tas de cendres sur le miroir. Un petit tas de cendres. Rien. Néant. Un tout petit tas de cendres.

Mais auparavant, j'emballerai soigneusement le livre, et je posterai ce colis à une personne que je ne connais pas, mais dont le nom et l'adresse m'ont été dictés par le livre. Et cette personne recevra le manuscrit sans savoir d'où il provient. Et cette personne le gardera, parce qu'il faudra qu'elle le garde.

Et le cycle, l'abominable cycle recommencera...

Marie José Thériault, *l'Envoleur de chevaux et autres contes*, Montréal, Boréal, 1986, p.97-115.

YVES THÉRIAULT

Yves Thériault naît à Québec en 1915. Il quitte l'école à quinze ans pour s'adonner à divers métiers: chauffeur de camion, boxeur, vendeur, pilote d'avion, trappeur, chanteur western, annonceur à la radio, conférencier, chroniqueur, éditorialiste et, surtout, écrivain. Il pratique toutes les formes d'écritures et de multiples distinctions couronnent son œuvre: Prix de la province de Québec en 1945 et 1958, Prix du Gouverneur général en 1961, Prix France-Canada en 1961, Prix Molson en 1971, Prix David pour l'ensemble de son œuvre en 1979. Membre de la Société royale du Canada en 1959, il est élu président de la Société des écrivains canadiens en 1964.

Contes pour un homme seul, *Montréal, Éditions de l'Arbre, 1944.*

Agaguk *(roman), Québec, L'Institut littéraire du Québec, 1958.*

La Rose de pierre. Histoires d'amour *(contes), Montréal, Éditions du jour, 1964.*

Les Temps du carcajou *(roman), Québec, L'Institut littéraire du Québec, 1965.*

La Montagne creuse *(roman pour jeunes), Montréal, Lidec, 1965.*

Le Secret de Mufjarti *(roman pour jeunes), Montréal, Lidec, 1965.*

Les Dauphins de monsieur Yu *(roman pour jeunes), Montréal, Lidec, 1966.*

Le Château des petits hommes verts *(roman pour jeunes), Montréal, Lidec, 1966.*

Le Dernier Rayon *(roman pour jeunes), Montréal, Lidec, 1966.*

La Bête à 300 têtes *(roman pour jeunes)*, *Montréal, Lidec, 1967.*

Les Pieuvres *(roman pour jeunes)*, *Montréal, Lidec, 1967.*

Les Vampires de la rue Monsieur-le-Prince *(roman pour jeunes)*, *Montréal, Lidec, 1968.*

L'Île introuvable *(nouvelles)*, *Montréal, les Éditions du Jour, 1968.*

Le Haut Pays *(roman)*, *Montréal, René Ferron éditeur, 1973.*

Agoak, l'héritage d'Agaguk *(roman)*, *Montréal, Quinze/ Stanké, 1975.*

Œuvre de chair *(contes)*, *Montréal, Stanké, 1976.*

La Quête de l'ourse *(roman)*, *Montréal, Stanké, 1980.*

La Femme Anna et autres contes, *Montréal, VLB éditeur, 1981.*

Valère et le grand canot *(contes)*, *Montréal, VLB éditeur, 1981.*

L'Herbe de tendresse *(récits)*, *Montréal, VLB éditeur, 1983.*

Le Sac

Tapoche un peu...

... qu'il m'a dit en tendant le long sac de cuir.

— Passe ta main dessus. C'est franc cuir, souple comme une jambe de pucelle. Et pas un trou, pas une fissure.

J'ai pris le sac, et j'ai couru à la cabane.

Beau sac qu'on peut caresser et aimer pour la douceur de son flanc. Long, je l'ai déjà dit, et bien propre.

Mais je me sentais mal à l'aise seul dans ma cabane avec le sac. Nous étions deux, et un de trop. Il était étranger, et n'avait pas sa place.

Parce qu'il était vide, que j'en conclus.

J'étais tout de même bien fier de mon sac.

Alors je suis allé le montrer au village.

Ma cabane est sur une crête. Je l'ai faite en bois d'épave. Derrière c'est le coteau, et le ciel en haut. Devant, c'est la grande eau de la mer.

J'ai tourné le dos à la mer et je suis allé au village.

Angoisse-de-Dieu, le forgeron, était dehors devant sa boutique.

Je lui ai dit:

— J'ai un sac.

Et il m'a répondu:

— Oui.

— Regarde son beau flanc, c'est du pur cuir fauve qui sent le tan de chêne. Admets qu'il est long.

241

Mais il mâcha d'un air distrait et resta indifférent.

Alors je compris encore plus que, vide, mon sac ne valait rien. Ils ne valent rien les sacs vides. C'est plein de blé, et il y a des rondeurs, des courbes dans le dessin et vous dites «le beau sac de blé».

Pas...

«Le beau sac!»

Mais...

«Le beau sac de blé.»

Parce que le sac vaut par son remplissage.

«Tu vas être ridicule, Mathurin, d'aimer un sac vide. Tu es assez ridicule sans ça, dans ce village. Allons, va remplir ton sac!»

Et là, d'un coup, l'idée m'est venue.

Pas de blé, pas de bois, pas de farine, pas d'avoine. Cuir collé sur cuir, et cuir fin.

Et puisqu'il faut des rondeurs, il y en aura.

J'ai donc marché de-ci de-là, modelant l'idée en la déglutinant.

«Si le sac était plein de ce que tu veux y mettre, tu pourrais l'apporter dans ta cabane, l'accrocher au mur, l'adorer à te rompre!»

Et j'ai fait ça, tout juste.

Boutillon, qui bêchait, me cria...

— Hé, le sac vide, il va pas rester vide? Tu vas le remplir?

Il ne savait pas dire si bien et si juste.

J'ai crié aussi, pour qu'il m'entende de son champ:

— Pour sûr, avec du beau encore.

Au bout du village, je suis revenu sur mes pas, jusqu'à la boutique du forgeron.

Il était encore dehors.

— Le tout chaud du cuir, forgeron, quand il s'est fait contre mon flanc, c'est bien doux sur la peau. Je vais remplir mon sac. (Du coup, il fut plus intéressé.)

— Il est beau.

Je savais bien que le sac vide ne lui disait rien, et que rempli il attirerait l'attention. Le beau sac de cuir fauve.

Je l'aime.

Je vais quêter ce qui va dedans.

Passa pas hasard Annette qui est belle avec des yeux noirs et des cheveux comme l'avoine mûre.

Forte fille aux hanches larges et dures. Puis elle a toute la peau toute blanche avec des rougeurs aux joues qui ne partent pas à frotter, parce qu'elles sont dans la peau, creux derrière les veines.

Je l'ai suivie un bout de chemin...

— Le Troublé! Arrête de me suivre, va-t'en! En v'là des idées, suivre les jolies filles!

J'ai obliqué par les champs, en faisant le peureux...

Avant, hier même, j'aurais eu la vraie peur. Mais aujourd'hui que j'ai le sac, et que je vais le remplir, et qu'il va être tout rond et long, ce n'est plus la même chose. Je fais le peureux et je n'ai pas peur. Ils ne riront plus de moi, au village. Ils ne me jetteront plus de pierres. Et Vaudoux oubliera bien que je lui ai tué son cheval. Ils vont dire que je suis fort, et solide, et que j'ai un bien beau sac. Ils disent que j'ai des chauves-souris dans la tête, et toutes sortes de choses qui me troublent l'esprit, mais ce n'est pas vrai, je ne suis pas fou, je le sais.

C'est écrit dedans mon sac, sur le côté, celui que je tiens contre moi. J'ai marché une lieue, et j'ai rejoint Annette à la grand'courbe de la Sablière.

J'ai sauté sur elle, je lui ai serré le cou, et elle est morte. Avec mon couteau, j'ai coupé ses cuisses aux genoux, puis plus haut, près du corps, pour faire comme deux billots de chair. Je les ai mis dans mon sac.

Le voilà rond de tour et long d'une aune.

Et je sais que c'est bien de lui avoir mis la peau dedans, cuir blanc sur cuir franc.

Ils vont venir me chercher ce soir, mais j'aurai accroché le sac dans ma cabane, je l'aurai aimé, et ça ne me fera plus rien.

Yves Thériault, *Contes pour un homme seul*, Montréal, Éditions Hurtubise HMH, 1982, p. 37-41.

Challu-la-chaîne

Au soir noir, avec dedans les grands tourbillons d'ombre que les yeux ouvrent bien grands et que vous étendez la main vers les arbres si c'est dans la forêt, ou vers le vide si c'est dans le grand dehors des champs nus et des routes, Challu trouva la chaîne.

Il allait à son accoutumée, sortant du cabaret, vers chez lui, et les yeux qui voient mal par l'alcool.

C'était le noir pour lui, et sa main faisait le devant, en tâtonnant pour ne point buter.

La main est haute à l'estomac, et il reste les choses par terre sur lesquelles on bute.

C'était la chaîne ainsi, et Challu buta dessus, puis dedans, quand il tomba.

Alors, en se roulant, et en se repliant, il sentit que c'était une chaîne, solide et glissante.

Challu en fut bien aise.

Un instant avant, quand c'était dans le cabaret, et que les autres écoutaient, Challu avait posé le verre et avait dit, en se modelant bien les mots dans la bouche, pour être compris malgré l'alcool:

— Je dis que c'est une chaîne qui serait bien. Trimer dur, et en tirant, en poussant, pour manœuvrer les barriques, un homme cesse d'aimer la vie... Que j'aurais une chaîne alors, pour mieux tirer, avec l'épaule, en ménageant les reins... ah!...

Et Lorgneau avait dit comme on confie un grand secret, car lui aussi souffrait de l'alcool:

— Achète une chaîne.

Challu avait haussé les épaules; les autres avaient bien ri.

— L'acheter avec quoi? «Monsieur le marchand de chaînes, des prières, ça achèterait-y une bonne chaîne pour gagner mon pain?» Il rirait bien le marchand de chaînes.

On sut que Challu disait le vrai. Pas d'argent, pas de chaîne. Car ça coûte, une chaîne. Un montant tout rond. Pas de pièces blanches données de soir en soir, comme les sous pour le vin, mais un montant tout d'une fois.

À rêver, les pièces blanches sont utiles pour dorer le rêve et le noyer dans le vin, et le gros montant ne s'amasse pas pour la chaîne.

Challu avait su tout ça le premier jour. N'empêche qu'une chaîne...

«Ça rendrait la vie facile. Je donnerais bien tout mon précieux pour avoir seulement un bout de bonne chaîne glissante et solide...»

De quoi se planter les pieds dans le gras de la terre et tirer avec succès.

Et Challu trouva la chaîne.

Le petit chemin qui va du village à la maison de Challu passe par les champs, puis il traverse le bois de la commune. À l'autre orée, c'est la maison basse de Challu.

Et c'est à mi-chemin, près du bois qu'il trouva la chaîne.

Qu'il buta dessus.

Qu'il tomba.

246

Qu'il la ramassa.

Et qu'il remarqua combien elle était sèche, malgré la rosée de l'herbe.

Sans pour cela mal remarquer.

En constatant, sans plus, tant il a de la joie de cette chaîne qui lui arrive comme ça.

À la maison, il fut si gai d'entrée que la Mathilde, sa femme, et l'Estelle, son aînée de quatre, le trouvèrent plus saoul que de coutume.

Il ne leur dit pas que la chaîne était dehors, pendue au clou près de la porte, où déjà la Mathilde accrochait un baquet.

Aujourd'hui qu'elle n'a plus de baquet et plus de sous pour en acheter, le clou est libre et la chaîne y pend.

Il fut se coucher sans répliquer quand la Mathilde lui cria :

— Tes enfants crèvent de faim, et tu as le ventre plein de vin. Ce soir tant et tant que tu ris tout seul comme un imbécile!

...et qu'Estelle ajouta:

— Vous devriez pas tant boire! L'argent s'en va là, et les petits souffrent.

Les femmes ne savent pas que dès demain la chance va tourner et que Challu, avec sa chaîne, fera bien deux fois le travail, et tel pour l'argent gagné.

Il dormit bien, et se réveilla tôt, impatient d'essayer de cette chaîne qui promettait tant d'aise.

Et les heures passant lui redirent que la chaîne en effet était outil sans faute. Elle s'ajustait sur son épaule, s'y nichait pour que les barriques viennent comme toutes seules, sans effort.

Et Challu prenait de la joie.

«Belle chaîne» qu'il disait, «chaîne sans prix que je ne donnerais pour rien qui vaille. Je lui sacrifierais tout.»

Vers deux heures de ce jour-là, on vint quérir Challu, car sa femme était morte.

Sans être malade. On supposait bien que, l'alcool aidant, les exigences de Challu devaient fatiguer le cœur de la Mathilde. Mais rien autre qui clochât.

La Mathilde passa de la salle à la cuisine.

Elle hésita un instant sur le seuil, entre les deux pièces. Elle descendit tout de même, mais le genou ne voulut pas raidir et tenir le poids. Il plia, et la Mathilde tomba sur le carreau.

On vit qu'elle ne valait plus cher, car elle était toute bleue, et la mère Druseau qui était là, cria:

«De l'eau, elle va mourir!»

... par trois fois, ce qui fut juste assez de temps pour que meure la Mathilde.

Elle fit un son dans sa gorge, puis elle devint plus bleue, quasi noire, et elle mourut.

«Voilà», se dit Challu en la voyant, «que tout se mettait à aller trop bien. Le sort m'en veut.»

Mais il se ressaisit et versa les larmes qu'il faut pour la mort proche.

En pleurant dans la cuisine basse où tout le monde était assemblé, avec des visages graves sincères, et d'autres qui affectaient de l'être, Challu se promenait. Il ne s'aperçut que plus tard de la présence de la chaîne sur son épaule; alors il sortit la pendre au clou.

Il lui vint à l'idée que la chaîne avait à faire là-dedans.

«J'ai dit», songea-t-il, «que je donnerais mon précieux pour la chaîne. J'ai la chaîne, et ma Mathilde claque.»

Mais il rejeta tout comme une coïncidence, et mit bien du respect à pendre la chaîne au clou.

Le soir cependant, il comprit que la chaîne se payait cher, quand le feu détruisit la maison, le corps en chapelle de Mathilde, et les trois derniers qui dormaient en haut.

À Challu, il ne restait plus qu'Estelle et la chaîne.

«Tu es cause de tout!» qu'il lui cria.

Tout son précieux, presque, était parti. Était donné.

La Mathilde.

La maison gagnée de peine.

Les petits et tous les animaux des étables.

Et quand Estelle lui dit:

— Qu'avons-nous fait au bon Dieu pour que tout arrive ainsi?

Il se sentit bien coupable.

— J'ai péché en offrant tout pour une malheureuse chaîne dont je me suis passé durant vingt-cinq ans.»

Alors il courut à la rivière pour y jeter, y détruire la chaîne.

Bientôt il ne resta plus qu'Estelle.

Car Challu, voulant projeter la chaîne à l'eau, s'empêtra dedans, perdit pied et se noya.

Yves Thériault, *Contes pour un homme seul*, Montréal, Éditions Hurtubise HMH, 1982, p. 67-72.

La Grande Barque noire

C'est Léon l'Enchanté qui l'a dit.

Et parce que c'était lui qui le racontait, on ne le croyait pas.

Du moins, on ne faisait voir de rien.

Il redit l'histoire longtemps, des semaines et des semaines. Tant que tous la savaient, et ne le laissaient plus parler.

Puis Lammec s'en mêla, et cela devint plus grave.

Il le jurait par la Sainte Vierge et par tous les saints.

Pas plus tard que la semaine dernière, en allant vers les Îles et au large de l'Anse.

— Une grande barque noire, Basile, avec personne à bord. Et j'ai mis dessus, voir qui c'était. Comme ça, un bon mille, que j'm'en approchais à vue d'œil. Puis plus rien. J'm'étais retourné pour arrimer un baril qui roulait. Quand j'ai regardé, plus de barque. Rien. De la vague, de la mer, c'est tout.

Basile réfléchit un peu.

— T'es bien sûr de ça, Lammec?

— D'abord que j'te dis? J'ai pas des doubles-vues, moi. Tu m'connais, c'est pas moi qui crois aux fantômes. Mais v'là ce que v'là! Une grande barque noire, du genre de la Marie-Jeanne. Personne sur le pont, pis toutes les voiles dehors. Des voiles blanches... trop blanches...

Basile se mâchait la lèvre d'en bas.

— Une barque ça disparaît pas de même. Elle a peut-être coulé?

— Voyons, Basile, coulé... comment? Par temps calme, sans explosion? T'as déjà vu ça, toi? D'ailleurs, elle portait beau, et on lui voyait le plimsoll, donc elle faisait pas eau.

— Non, c'est vrai.

— J'te dis que l'Enchanté avait raison. Il l'a vue trois fois, lui. D'ici, de la rive. Il dit bien que les trois fois annonçaient du malheur. La première fois, l'David qui s'a jeté sur la falaise avec sa Jeannette qu'avait du p'tit du Grand Louis. La deuxième fois, c'est mon oncle Bourdage qu'a coulé à pic, de faire eau, près des Îles, lui aussi.

...Basile devint songeur, et continua pour Lammec.

— La troisième fois, c'est quand la fille à Castous alla en mer un dimanche, faire une promenade, avec des gens de Québec. Ils ont tous coulé, après que le moteur a fait explosion.

Lammec était nerveux.

— J'te dis qu'il y a du mystère là-dedans.

Basile ne répondit pas.

C'est Lammec qui le premier rompit le silence.

— Chaque fois que la barque noire est apparue, il y a eu du malheur pour celui qui se trouvait près d'elle. Elle m'est apparue à moi...

Basile eut un geste coupant.

— Ferme-toi donc!

Mais Lammec se comprenait.

— David, mon oncle Bourdage, la fille à Castous...

— Tu t'fais des idées. Si t'as peur, va pas en mer.

Il quitta Basile et entra chez Castous.

Mais on ne fait pas des Lammec avec de l'étoupe. Ils ont du coeur au ventre, les pêcheurs, et ils craignent surtout le ridicule. Lammec savait bien que sa barque noire était chose du mal, mais il ne l'aurait pas admis devant le reste des pêcheurs; encore moins eût-il admis qu'elle était signe de malheur pour lui.

Des visions comme ça demandent d'être noyées dans le miquelon.

Aussi vit-on Lammec, ce soir-là, tituber jusque chez lui en chantant à tue-tête. Un instant, cependant, il arrêta de chanter et s'appuya sur un poteau. Il se prit la tête à deux mains, comme s'il était dégrisé tout à coup et murmura, hagard:

«La grande barque noire...!»

Puis il se mit à rire de nouveau, et à chanter, et l'on sut qu'il n'était pas vraiment dégrisé.

Le lendemain matin, la mer était calme.

Il y avait bien quelques petites vagues falotes qui se promenaient à la surface, mais le calme était là tout de même, restant intact malgré les petites vagues.

Lammec descendit de bonne heure, avant tous les autres pêcheurs et gagna le large.

Et chose étrange, il alla vers les Îles. Au même endroit où la barque noire lui était apparue.

Comme il contournait la pointe, au large, Léon l'Enchanté le vit. Il s'arrêta, et arrêta en même temps deux ou trois pêcheurs qui le suivaient.

— Lammec qui court à la mort. La barque noire lui est apparue. Il périra aujourd'hui.

Un pêcheur se signa; les autres eurent un rire forcé, mais on savait bien que l'Enchanté disait vrai. Lammec mourrait, c'était sûr. Il avait connu la barque noire, et la barque noire ne pardonnait jamais. N'était-ce pas le vieux Lebidois qui en parlait, à l'Anse, et qui disait que la barque noire, dans son temps, était signe de mort? Depuis ce temps qu'elle n'était pas apparue, et la voilà de nouveau.

Basile qui passait s'arrêta.

— Qu'est-ce qu'il y a?

L'Enchanté ne répondit pas tout de suite. Il regardait aller la barque de Lammec au loin. Quand il se retourna, sa voix était moins englobée de brume que d'habitude.

— Basile, je suis celui qui chante les choses de mort, et les choses de vie, celui qui dit aux autres le chant des au-delà. Vous m'appelez l'Enchanté, parce que vous dites m'avoir vu jeter des sorts. C'est peut-être vrai. Et vous vous trompez peut-être. Vous avez ri de moi quand je vous ai parlé de la barque noire... Et voilà que j'avais raison. Je vous dis que vous voyez Lammec pour la dernière fois.

Les trois pêcheurs regardaient l'Enchanté. Avec une sorte de respect mêlé d'effroi, eût-on dit.

Basile, lui, cracha par terre et dit, en s'essuyant la bouche:

— Dis-donc pas de folies, Léon. Lammec a eu des visions. Ça arrive... Il a cru voir une grande barque noire, et ce n'était peut-être qu'un reflet sur l'eau. C'est un adon.

Et il continue vers le village. Les trois pêcheurs le suivirent, mais l'Enchanté, haussant les épaules, resta là, à regarder la mer.

....

Éva, seule à la maison, vaquait aux travaux.

Tant qu'elle fut dans la cuisine, elle travaillait sans relâche.

Mais quand elle sortit voir aux poules, le temps était si beau, et la brise si fraîche, qu'elle s'arrêta un instant.

Le soleil déjà haut faisait miroiter les vagues, et il fallut à Éva quelques minutes avant de pouvoir bien distinguer ce qui se passait dans le port.

Elle vit une dizaine de barques arrimant, qui partiraient tantôt pour la pêche. Elle vit, l'Éva, la barque de Basile, amarré à son quai, et fut surprise que Basile mît autant de temps à quitter la rade ce matin.

Elle ne savait pas qu'il avait été retardé par l'Enchanté, en descendant.

Puis ses yeux se portèrent à l'horizon, plus loin que le port, plus loin que la grève, plus loin que la pointe de sable, plus loin même que le lointain. Là-bas, dans la direction des Îles.

Elle vit la barque de Lammec qui voguait sur la mer sans rides.

Elle vit aussi, venant de nulle part, la grande barque noire s'élancer, voguant plus vite que toute barque humaine, franchir la distance jusqu'à la barque de Lammec.

La barque de Lammec continuait sa course.

Du vaisseau noir, soudainement, plus de traces.

Et tout à coup, comme ça, la barque de Lammec fit explosion.

Dans le clair matin, dans le soleil riant, sur la mer calme et doucereuse, la barque vola en mille morceaux. Il ne resta plus rien qu'Éva pouvait voir. Rien que de l'eau, de l'eau immuable et immense...

Éva criait maintenant, sans rien réprimer. Elle criait comme une folle, en courant vers le village.

....

Le soir du même jour, quand Lammec n'entra pas, et quand la nuit se passa à l'attendre en vain, on dut bien se rendre à l'évidence.

Éva n'avait pas rêvé. Lammec était mort. Il avait péri.

Le lendemain, au petit jour, on trouva Léon l'Enchanté dans le fossé. Il était mort. Quelqu'un lui avait défoncé le crâne d'un coup de bâton ou de hache.

On se douta bien que la femme de Lammec y était pour quelque chose.

Yves Thériault, *Contes pour un homme seul*, Montréal, Éditions Hurtubise HMH, 1982, p. 189-195.

MICHEL TREMBLAY

Michel Tremblay naît à Montréal en 1942. Après avoir fréquenté l'Institut des arts graphiques, il pratique divers métiers dont celui de typographe avant de s'affirmer comme dramaturge, conteur et romancier. Il remporte de nombreux prix: Premier prix du Concours des jeunes auteurs de Radio-Canada en 1964, Prix du Gala Méritas en 1970 et 1972, Chalmers Award en 1973, 1974, 1975 et 1976, Prix Victor-Morin en 1974, Médaille du Lieutenant-gouverneur de l'Ontario en 1976 et 1977; en 1978, il est nommé le Montréalais le plus remarquable des deux dernières décennies dans le domaine du théâtre, et, en 1984, chevalier de l'Ordre des Arts et des Lettres de France pour l'ensemble de son œuvre. Le Prix France-Québec lui est décerné en 1985 pour la Duchesse et le Roturier *et* Des nouvelles d'Édouard.

Contes pour buveurs attardés, *Montréal, Éditions du Jour, 1966.*
La Cité dans l'oeuf *(roman), Montréal, Éditions du Jour, 1969.*
C't'à ton tour, Laura Cadieux *(roman), Montréal, Éditions du Jour, 1973.*
La Grosse Femme d'à côté est enceinte *(roman), Montréal, Leméac, 1978.*
Thérèse et Pierrette à l'école des Saints-Anges *(roman), Montréal, Leméac, 1980.*
La Duchesse et le Roturier *(roman), Montréal, Leméac, 1982.*
Des nouvelles d'Édouard *(roman), Montréal, Leméac, 1984.*
Le Cœur découvert *(roman), Montréal, Leméac, 1986.*

1er buveur: Le Pendu

Dans mon pays, quand quelqu'un tue son voisin, on le pend. C'est idiot, mais c'est comme ça. C'est dans les lois.

Moi, je suis veilleur de pendus. Quand le pendu est mort, dans la prison où je travaille, on ne le décroche pas tout de suite. Non, on le laisse pendu toute la nuit et moi, le veilleur de pendus, je le veille jusqu'au lever du soleil.

On ne me demande pas de pleurer, mais je pleure quand même.

*   *   *

Je sentais bien que ce pendu-là ne serait pas un pendu ordinaire. Au contraire de tous les condamnés que j'avais vus jusque-là, celui-ci ne semblait pas avoir peur. Il ne souriait pas, mais ses yeux ne trahissaient aucune frayeur. Il regardait la potence d'un œil froid, alors que les autres condamnés piquaient presque infailliblement une crise de nerfs en l'apercevant. Oui, je sentais que ce pendu-là ne serait pas un pendu ordinaire.

Quand la trappe s'est ouverte et que la corde s'est tendue avec un bruit sec, j'ai senti quelque chose bouger dans mon ventre.

Le pendu ne s'est pas débattu. Tous ceux que j'avais vus avant celui-là se tordaient, se balançaient au bout de leur corde en pliant les genoux, mais lui ne bougeait pas.

Il n'est pas mort tout de suite. On l'entendait qui tentait de respirer... Mais il ne bougeait pas. Il ne bougeait pas du tout. Nous nous regardions, le bourreau, le directeur de la prison et moi, en plissant le front. Cela dura quelques minutes, puis soudain, le pendu poussa un long hurlement qui me sembla être un immense rire de fou. Le bourreau dit que c'était la fin.

Le pendu frissonna, son corps sembla s'allonger un peu, puis, plus rien.

Moi, j'étais sûr qu'il avait ri.

* * *

J'étais seul avec le pendu qui avait ri. Je ne pouvais m'empêcher de le regarder. Il semblait s'être encore allongé. Et cette cagoule que j'ai toujours détestée! Cette cagoule qui cache tout mais qui laisse tout deviner! Les visages des pendus, je ne les vois jamais, mais je les devine et c'est encore plus terrible, je crois.

On avait éteint toutes les lumières et allumé la petite veilleuse, au-dessus de la porte.

Comme il faisait noir et comme j'avais peur de ce pendu!

Malgré moi, vers deux heures du matin, je m'assoupis. Je fus réveillé, je ne saurais dire au juste à quelle heure, par un léger bruit qui ressemblait à un souffle prolongé comme un soupir. Était-ce moi qui avais soupiré ainsi? Il fallait bien que ce fût moi, j'étais seul! J'avais probablement soupiré pendant mon sommeil et mon soupir m'avait éveillé...

Instinctivement, je portai les yeux sur le pendu. Il avait bougé! Il avait fait un quart de tour sur lui-même et me faisait maintenant face. Ce n'était pas la première fois que cela arrivait, c'était dû à la corde, je le savais bien, mais je ne pouvais m'empêcher de trembler quand même. Et ce soupir! Ce soupir dont je n'étais pas sûr qu'il fût sorti de ma bouche!

Je me traitai de triple idiot et me levai pour faire quelques pas. Aussitôt que j'eus le dos tourné au pendu, j'entendis de nouveau le soupir. J'étais bien sûr, cette fois, que ce n'était pas moi qui avais soupiré. Je n'osais pas me retourner. Je sentais mes jambes faiblir et ma gorge se desséchait. J'entendis encore deux ou trois soupirs, qui se changèrent bientôt en respiration, d'abord très inégale, puis plus continue. J'étais absolument certain que le pendu respirait et je me sentais défaillir.

Je me retournai enfin, tout tremblant. Le mort bougeait. Il oscillait lentement, presque imperceptiblement au bout de sa corde. Et il respirait de plus en plus fort. Je m'éloignai de lui le plus que je pus, me réfugiant dans un coin de la grande salle.

Je n'oublierai jamais l'horrible spectacle qui suivit. Le pendu respirait depuis cinq minutes environ, lorsqu'il se mit à rire. Il arrêta brusquement de respirer fort et se mit à rire, doucement. Ce n'était pas un rire démoniaque, ni même cynique, c'était simplement le rire de quelqu'un qui s'amuse follement. Son rire prit très vite de l'ampleur et bientôt le pendu riait aux éclats, à s'en tordre les côtes. Il se balançait de plus en plus fort... riait... riait...

J'étais assis par terre, les deux bras collés au ventre, et je pleurais.

Le mort se balançait tellement fort, à un moment donné, que ses pieds touchaient presque le plafond. Cela dura plusieurs minutes. Des minutes de pure terreur pour moi. Soudain, la corde se rompit et je poussai un grand cri. Le pendu heurta durement le sol. Sa tête se détacha et vint rouler à mes pieds. Je me levai et me précipitai vers la porte.

*　*　*

Quand nous revînmes dans la pièce, le gardien, le directeur de la prison et moi, le corps était toujours là, étendu dans un coin, mais nous ne trouvâmes pas la tête du mort. On ne la retrouva jamais!

1964

Michel Tremblay, *Contes pour buveurs attardés*, Montréal, Stanké, 1986 *(Coll. Québec 10/10)*, p. 9-12.

4ᵉ buveur: L'Œil de l'idole

Ce n'est que récemment que je suis revenu de ce lointain pays nommé Paganka, où les hommes bleus chassent le terrible oiseau-hyène, monstre énorme et redoutable qui s'attaque aux troupeaux et même, parfois, aux humains, et où les femmes ne se coupent jamais les cheveux.

J'ai traversé la moitié de la terre avant d'atteindre ce pays maudit. Après un voyage très difficile de quatre mois à travers savanes et forêts, j'arrivai enfin à Kéabour, la capitale du pays, située en pleine forêt vierge. À vrai dire, Kéabour n'est pas même une ville mais tout au plus un village de quatre ou cinq cents habitants, où les commodités les plus rudimentaires et les lois les plus élémentaires de la bienséance sont encore ignorées. Ce qui me frappa le plus en arrivant à Kéabour fut l'étrange aspect des femmes bleues.

Il n'est rien de plus étonnant à voir que ces femelles bleues à longue tignasse, qui ressemblent plus à des fuseaux échevelés qu'à des femmes. Les plus vieilles traînent derrière elles une chevelure de plusieurs pieds de longueur qu'elles ne lavent jamais et qui finit par ressembler à du fumier séché.

Dès mon arrivée à Kéabour, je m'informai de l'endroit où était situé le temple de M'ghara, but de mon voyage. Mais personne ne semblait le savoir. Pourtant, M'ghara est le dieu du pays et j'avais souvent entendu parler des immondes sacrifices

263

que les habitants du Paganka lui offraient dans ce temple. On parlait même de sacrifices humains mais rien n'avait jamais été prouvé...

Au bout de trois jours, je réussis cependant à trouver un vieillard qui, pour quelques bouteilles d'alcool, accepta de me vendre le secret des siens, prétextant qu'il ne risquait pas grand-chose parce qu'il était très vieux et qu'il allait mourir de toute façon. En effet, la peine de mort était imposée à quiconque divulguait le secret de l'emplacement du temple de M'ghara. C'est du moins ce que me dit le vieillard et je vis plus tard qu'il n'avait pas menti.

Je partis donc le lendemain à l'aube, à dos de mulet, dans la direction de la Montagne sans Sommet qu'on apercevait de Kéabour. Le voyage fut très difficile parce qu'il me fallait me cacher chaque fois que je rencontrais un habitant du pays et aussi à cause des bêtes féroces, des reptiles et des insectes voraces qui peuplent la jungle.

Pendant la quatrième nuit de mon voyage vers la Montagne sans Sommet, je fus réveillé par le son très rapproché d'un tam-tam. Je ne dormis pas du reste de la nuit et le tam-tam ne se tut qu'au lever du soleil.

J'atteignis ce jour-là le temple de M'ghara.

* * *

Au milieu d'une clairière se dressait un bâtiment très laid ressemblant à une ruche d'abeilles et construit avec une matière que je reconnus être du graft, métal brunâtre dont se servent beaucoup les habitants du Paganka mais qui n'a aucune valeur. Je fus très déçu par l'aspect de pauvreté du temple de M'ghara. J'avais donc traversé la moitié du globe et risqué ma vie d'innombrables fois pour ne découvrir qu'un temple pauvre et miteux? Je m'approchai avec dépit du temple et gravis les quelques marches qui menaient au portique. J'allais pénétrer à l'intérieur lorsqu'un cri derrière moi me fit sursauter.

Un autel était dressé près du temple et sur cet autel étaient étendus le vieillard qui m'avait montré le chemin et une vieille femme à qui on avait coupé les cheveux. Le vieillard était déjà mort mais la femme vivait encore et avait même la force de gémir. Je m'approchai de l'autel et me penchai sur la femme. Elle ouvrit les yeux et se mit à hurler en m'apercevant. «Maudit sois-tu, étranger! cria-t-elle. Ton but est atteint mais vois ce que nous sommes devenus, mon homme et moi! Les oiseaux-hyènes vont bientôt venir nous chercher pour nous conduire chez M'ghara, le dieu terrible aux six bras... et cela à cause de toi! Mes propres enfants, suprême honte, m'ont coupé les cheveux devant tous les habitants de Kéabour et nous ont craché au visage à mon homme et à moi! Le grand-prêtre a lui-même enfoncé le couteau dans la poitrine de mon homme et il ne m'a laissé la vie qu'afin que je voie venir les oiseaux-hyènes! Je meurs à cause du sacrilège de mon homme, c'est dans les lois de Paganka. Mais je maudis Paganka et ses lois! Je maudis ses habitants! Et je te maudis, toi qui es venu de si loin pour t'emparer de l'œil de l'idole aux six bras! Beaucoup sont venus avant toi mais nul ne s'est jamais rendu si loin. Que la malédiction de M'ghara soit sur toi! Prends garde à l'œil, il...» La vieille femme s'arrêta soudain de parler et son regard se fixa sur un point qui se mouvait dans le ciel, au-dessus de nous. «Déjà, souffla-t-elle, ils sont déjà là!» Elle ferma les yeux et ne bougea plus. Le point se rapprochait de plus en plus de nous et lorsqu'il fut assez près pour que je pusse en distinguer les formes, je vis que c'était un oiseau à tête de hyène qui venait vers nous en lançant d'affreux croassements. Je courus vers le temple et pénétrai dans le portique. Je vis avec horreur que le temple n'avait pas de portes — les portes sont inconnues à Paganka — et je me dissimulai derrière un des piliers de graft qui soutenaient la toiture. De l'endroit où j'étais caché, je pouvais voir ce qui se passait à l'extérieur du temple sans être vu.

Au bout de deux ou trois minutes, l'oiseau-hyène atterrit près de l'autel et s'approcha des deux corps. Il les flaira quelques instants, puis hurla. Un battement d'ailes se fit entendre et un second oiseau-hyène vint le rejoindre. Ils flairèrent longtemps les deux corps sans se décider à s'en emparer. Soudain, ils levèrent tous les deux la tête en même temps et regardèrent dans ma direction. Ils avaient sûrement senti ma présence car ils s'approchèrent du temple et en gravirent les marches. Ils s'arrêtèrent cependant dans le portique et se contentèrent de me regarder — de l'endroit où ils se trouvaient maintenant ils pouvaient facilement me voir. Quelque chose semblait les empêcher de pénétrer dans le temple et c'est ce qui me sauva. Après m'avoir méchamment contemplé de longues minutes, ils retournèrent à l'autel. Alors, s'emparant chacun d'un corps, ils s'élancèrent dans le ciel. J'entendis la vieille femme crier. Je sortis du temple pour voir les oiseaux-hyènes s'éloigner. Ils disparurent derrière un gros rocher de la Montagne sans Sommet.

* * *

L'idole aussi était faite de graft. Elle était très vieille et tombait presque en ruines. Si je n'avais pas été aussi épuisé par le long voyage et les nombreuses aventures qui m'étaient arrivées avant d'atteindre le temple de M'ghara, j'aurais ri de la situation ridicule dans laquelle je me trouvais. J'avais traversé la moitié du monde pour trouver une idole qui n'avait aucune valeur! J'avais dépensé toute ma fortune — bien minime il est vrai — dans l'espoir d'en découvrir une infiniment plus importante et je me retrouvais, après des mois de fatigues et de privations, devant une espèce de monstre à six bras qui ne valait pas six sous, qui me faisait la grimace et qui semblait se moquer de ma déconvenue!

J'étais complètement découragé. Je m'assis au pied de l'idole, appuyai ma tête sur l'un de ses genoux et je me serais mis à pleurer comme une jeune fille si une pensée n'avait soudain traversé mon esprit...

La vieille femme qui venait d'être enlevée par les oiseaux-hyènes avait parlé de «l'œil de l'idole». Elle avait dit que j'étais venu m'emparer de «l'œil de l'idole». Je levai la tête et regardai l'œil unique de M'ghara. Il n'avait rien de particulier. Gros comme le poing, il semblait être fait de graft comme le reste de la statue; alors pourquoi la femme lui avait-elle donné tant d'importance? Animé par un vague espoir, je me levai et montai sur les genoux de la statue. M'aidant des bras comme d'échelle, je grimpai jusqu'à la tête de M'ghara. J'avais très peur que l'idole ne s'effondre sous mon poids mais quelque chose au fond de ma tête me disait qu'il valait la peine que je risque ma vie une dernière fois...

Je m'assis sur l'épaule de l'idole et me mis à examiner l'œil. Je m'aperçus vite qu'il n'était pas vraiment fait de graft. Une épaisse couche de ce métal recouvrait une matière qui semblait très dure... Je grattai la surface de l'œil et quelques parcelles de métal se détachèrent. J'eus alors l'impression très nette que quelque chose se passait à l'intérieur de la statue. Je sentis une sorte de frisson parcourir toute l'idole et l'un de ses bras bougea. Je me dis que l'idole avait probablement de la difficulté à supporter mon poids et que ce mouvement du bras n'étais pas dangereux. Je continuai donc à gratter et au bout de trois ou quatre minutes toute la couche de graft était enlevée. Je m'approchai plus près de l'œil et je faillis suffoquer de surprise et de joie. J'avais devant les yeux le plus gros diamant qu'on puisse imaginer! Plus beau et plus gros que tous ceux que j'avais vus dans ma vie! Deux secondes plus tard, mon couteau était sorti de ma poche et je commençais à gratter autour de l'œil pour le détacher. Mais l'idole se mit à trembler et je crus distinguer un gémissement étouffé sortant de ses entrailles de métal. Je commençais à avoir réellement peur et me mis à gratter plus énergiquement afin d'achever mon ouvrage le plus vite possible. Au premier coup de couteau, la tête de M'ghara bougea de gauche à droite et l'un de ses bras se tendit vers le ciel. Une peur panique s'empara alors de moi et je frappai l'oeil de toutes mes forces. L'idole se plia en deux et lança un hurlement de douleur. Je faillis dégringoler des épaules de M'ghara mais je réussis à passer mes deux bras autour de son cou et je restai suspendu, le corps collé contre sa poitrine. Je m'aperçus alors que l'idole respirait!

L'idole ne bougeait plus. Je grimpai de nouveau sur ses épaules. Le diamant était presque entièrement détaché et je me dis qu'un seul coup de couteau bien placé achèverait de l'arracher. Mais j'hésitais. L'idole n'allait-elle pas recommencer à gémir et à se débattre? Mais avait-elle seulement gémi? Avais-je réellement perçu les pulsations de son coeur ou avais-je été victime de mon imagination?

Je levai brusquement le bras et donnai un dernier coup de couteau dans l'oeil de M'ghara. Aussitôt que le diamant se fut complètement détaché, l'idole se leva debout et porta deux de ses mains à sa blessure en criant. Sa tête heurta le plafond du temple et la secousse faillit me faire tomber. Je réussis cependant à m'accrocher à un pendentif que M'ghara portait à l'oreille. L'idole se mit à courir en tous sens dans le temple, se frappant aux piliers, tombant à genoux, se relevant et reprenant sa course folle en hurlant. Soudain, l'un de ses bras me saisit et me lança sur le sol, au pied d'un pilier. À moitié assommé, je me relevai et sortis du temple en courant.

Je courus pendant plusieurs minutes et finis par m'écrouler sous un arbre. Après m'être reposé quelques instants, je décidai de sortir le diamant que j'avais dissimulé sous ma chemise, pour le contempler. Oh! je me souviendrai toujours avec horreur de cette seconde fatidique! Lorsque je plongeai la main dans ma chemise, je criai de dégoût. Je sortis alors de dessous mes vêtements un énorme oeil ensanglanté, chose horrible et visqueuse qui me regardait à travers un filet de sang coagulé.

1964

Michel Tremblay, *Contes pour buveurs attardés*, Montréal, Stanké, 1986 *(Coll. Québec 10/10,* p. 19-25.

Angus ou la lune vampire

Je me souviendrai toujours d'Angus.

Je me souviendrai toujours de son sourire et de ses mains qui couraient au bout de ses gestes.

Et de ses yeux.

Il ne montrait ses yeux qu'à moi. Ce n'est qu'à moi qu'Angus montrait ses yeux. Quand Angus regardait les autres, ce n'est pas ses yeux qui regardaient, c'étaient les yeux de l'Autre. Moi seul ai connu les vrais yeux d'Angus. Parce que moi seul le savais.

* * *

Il venait souvent chez moi, après, quand tout était fini.

Il était toujours très heureux dans ces moments-là. Il souriait et nous évitions de parler de cela. Mais, parfois, un peu de sang coulait au coin de ses lèvres et je frémissais.

* * *

Ce soir-là, je n'attendais pas Angus. Pourtant la lune était à son plein. Il m'avait dit qu'il s'abstiendrait, cette fois-ci. «Je veux me prouver que je peux lui résister», m'avait-il dit. «Demain soir la lune sera pleine et elle viendra me chercher. Mais je lui

271

résisterai. Tu verras! Je ne viendrai pas, demain soir. Je resterai chez moi. Je lui dirai non.»

Il est arrivé à bout de souffle, les yeux hagards, des yeux que je ne connaissais pas, il tremblait à faire pitié.

«Je viens me réfugier chez toi» me dit-il dès que j'eus ouvert la porte. «Vite, laisse-moi entrer. Elle n'osera pas s'introduire dans ta maison. Elle sait que tu connais son secret. Mon secret.»

Il resta debout au milieu du salon et je vis ses dents de loup pour la première fois.

Deux longs crocs sortaient de sa bouche qu'il ne pouvait fermer qu'à demi. «Je t'avais juré que tu ne me verrais jamais dans cet état, souffla-t-il. Je te demande pardon d'être venu. Mais elle allait gagner la partie: Toi seul peux m'empêcher de faire cette chose atroce! Je t'en supplie, retiens-moi, je deviens fou! Mon désir est intolérable! Retiens-moi! Retiens-moi!»

Il se jeta dans mes bras en sanglotant.

J'avais peur. Oui, j'ai eu peur d'Angus à ce moment-là. De sentir ses crocs si près si près des veines de mon cou me remplissait d'effroi. Angus le comprit car il me repoussa tout à coup en criant: «Éloigne-toi! Non, pas toi! Pas toi! Il ne faut pas que je sois trop près de toi! Il ne faut pas qu'un malheur t'arrive!

— Elle ne viendra pas ici, dis-je.

— Tu ne la connais pas! répondit-il.

— Tu as dit toi-même, tantôt...

— Elle peut trouver un moyen... Non, je ne crois pas... Elle ne viendra pas. Pas jusqu'ici.

— Assieds-toi... Repose-toi un peu.

— Non. Je dois me tenir prêt!»

* * *

Minuit.

Elle était là dans la fenêtre, et elle regardait Angus.

Angus pleurait.

— Même ton amitié ne peut rien contre elle, dit-il soudain. Je suis perdu.

Il fit quelques pas vers la fenêtre.

— Arrête! criai-je. Je peux encore te sauver! Tant qu'elle sera à l'extérieur de la maison, elle ne peut rien contre toi...

— Ses yeux, regarde ses yeux! Ils m'ordonnent de sortir de ta maison. Ils m'attirent au dehors. Je ne peux plus résister... Je dois sortir!

Il était presque arrivé à la fenêtre et déjà il tendait les bras pour l'ouvrir.

Je me précipitai sur lui et le pris dans mes bras.

— Pose ta tête sur mon épaule, criai-je, elle ne pourra pas t'arracher de mes bras!

— Mais ton cou! Ton cou! sanglotait Angus.

— Si tu dois vraiment faire cela cette nuit, c'est moi que tu prendras! répondis-je en tremblant.

Je l'entendais rire au dehors, elle. Comme elle riait! Elle savait bien qu'elle nous vaincrait, à la fin...

Nous combattîmes toute la nuit.

Je serrais Angus très fort sur ma poitrine et je lui parlais doucement à l'oreille.

Angus s'était tourné la tête du côté du mur pour ne pas voir mon cou. Il respirait très fort et semblait souffrir atrocement. «Laisse-moi partir, me disait-il parfois, nous ne pouvons pas être plus forts qu'elle. Je suis ce que je suis et je dois faire ce qu'elle me dit de faire. À la prochaine lune, peut-être... j'essaierai encore... À la prochaine lune..» Je lui disais de se taire. Qu'il fallait que ce fût cette nuit ou jamais...

Et nous résistâmes jusqu'au petit matin.

Quand la nuit commença à mourir, Angus me regarda enfin mais son émotion l'empêchait de parler et il ne me remercia pas.

Mais je desserrai mon étreinte trop tôt. Elle n'était pas encore partie! Nous avions cru que le soleil se levait mais ce n'était qu'une autre de ses ruses. Elle était toujours là!

Et dès que j'eus ouvert les bras, une araignée entra dans la maison.

Elle était grosse comme le poing et ses pattes velues étaient démesurément longues. Elle marchait lentement, hésitante, étendant ses pattes autour d'elle, avançait silencieusement.

Je la vis tout de suite.

— Ne te retourne pas! criai-je à Angus.

Il était trop tard.

Angus avait aperçu l'araignée, lui aussi. Il semblait hypnotisé par elle et ne bougeait plus. L'araignée avançait vers lui.

Il ne fallait pas que l'araignée atteignît Angus. Il fallait agir... La tuer. Oui, la tuer.

J'enlevai une de mes chaussures et m'approchai de la bête très doucement.

Angus ne bougeait pas. De grosses sueurs coulaient sur son front. Son regard était horrifié.

Je levai brusquement le bras et donnai un violent coup de talon sur l'araignée. Elle s'écrasa sur le tapis avec un bruit sec. Un liquide épais et jaune jaillit de son corps et me salit la main. Elle resta immobile quelques instants. Je la croyais morte. J'allais lui appliquer un second coup de talon lorsqu'elle se remit à bouger.

Elle se traînait vers Angus, le corps écrasé, les pattes cassées; elle se traînait sur le tapis, laissant derrière elle une écœurante trace jaune et rouge.

Je me jetai sur elle et me mis à la frapper sauvagement. Mais elle avançait toujours. Toujours vers Angus qui la regardait...

«Sauve-toi, Angus! criai-je. Sauve-toi! Il ne faut pas que cette bête t'atteigne!» Et je frappais toujours l'araignée qui continuait quand même d'avancer.

Quand elle atteignit Angus, ce n'était plus qu'un paquet d'une matière visqueuse et puante dont on ne distinguait ni le corps ni les pattes.

Je m'arrêtai de la frapper et la regardai monter le long de la jambe d'Angus. Angus ne la regardait plus. C'est moi qu'il regardait. Et son regard n'avait plus aucune expression.

1963

Michel Tremblay, *Contes pour buveurs attardés,* Montréal, Stanké, 1986 *(Coll. Québec 10/10)*, p. 63-67.

TABLE DES MATIÈRES

bibliothèque québécoise